紙醉金迷

之誰征服了誰

人走茶涼，曲終人散

張恨水 著

人性在金錢面前，有多不堪一擊？

昨晚上爆竹一響，傾家蕩產的人就多了。
抗戰勝利了，我們把抗戰生活丟到一邊，正好重新做人。

目錄

目錄

第一回　居然一切好轉

朱四奶奶這種人家，固然很是紊亂，同時也相當的神祕。魏太太聽著四奶奶的話，好像很是給自己和宋玉生拉交情。現在看到宋玉生一早由這裡出去，這就感到相當的奇怪，她放下了窗簾，坐在椅子上，呆呆地想了一陣，也想不出一個什麼道理來。悄悄地將房門開了，在樓上放輕腳步巡視一番，只聽到樓下有掃地的聲音。此外是全部靜止，什麼聲響沒有。經過四奶奶的房門外，曾停住聽了兩三分鐘，但聽到四奶奶打鼾的聲音很大，而且是連續地下去，並沒有間斷。她覺著這並沒有什麼異樣，也就回房去再安歇了。

午後朱四奶奶醒來，就正式找了魏太太談話，把這家務託付給她。她知道自己的事，四奶奶一本清楚，也就毫不推辭。過了兩天，四奶奶和她邀了一場頭，分得幾十萬元頭錢，又另外借給了她幾十萬元，由她回歌樂山去把賭帳還了，把衣服行李取了來。

當她搭公共汽車重回重慶的時候，在車子上有個很可驚異的發現。見對座凳上有個穿布制服的人，帶著一隻花布旅行袋。在旅行袋口上擠出半截女童裝，那衣服是自己女兒娟娟的，那太眼熟了。這衣服怎麼會到一個生人的手上去？這裡面一定有很曲折的緣故。她越看越想，越想也就越要看。那人並不緘默，只管和左右鄰座的旅伴談著黃金黑市。分明是個小公務員的樣子，可是他對於商業卻感到很大的興趣。那人五官平整，除了現出多日未曾理髮，鬢髮長得長，鬍椿子毛刺刺而外，並沒有其他異樣的現象。這不會是個壞人，怎麼小孩子的衣服會落到他手上呢？

魏太太只管望了這旅行袋，那人倒是發覺了。他先點個頭笑道：「這位太太，你覺得我這旅行袋裡有件小孩子衣服，那有點奇怪嗎？這是我朋友托我帶回城去的。他很好的一個家庭，只為了太太喜歡賭錢，把一個家賭散了。那位太太棄家逃走，把兩個親生兒女，丟在一個養豬的窮婆子那裡餓飯。這位朋友把孩子尋回去了，自己在城裡賣報度命。兩個孩子白天放在鄰居家裡，晚上自己帶了他們睡，又作老子又作娘。他小孩還有幾件衣服存在鄉下，我給他帶了去。」

魏太太道：「你先生貴姓？」他笑道：「我索性全告訴你吧。我叫余進取，我那朋友叫魏端本。我們的資格，都是小公務員，不過魏先生改了行，加入報界了。太太你為什麼對這注意？」魏太太搖搖頭道：「我也沒有怎樣的注意。我要和我自己孩子作兩件衣服穿，不過看看樣子。」

余進取看她周身富貴，必定是疏建區的闊太太之一，也就不敢多問什麼。倒是有魏太太方面，誤打誤撞的，探得了丈夫和孩子們的消息，心裡是又喜又愁。喜的是和姓魏的算是脫離了關係，以後是條孤獨的身子，愛幹什麼，就幹什麼，不會覺著拘束。憂的是魏端本窮得賣報為生，怎樣能維持這兩個孩子的生活呢？雖然和姓魏的沒有關係了，這兩個孩子，總是自己的骨肉，怎能眼望著他們要飯呢！她在車上就開始想著心事，到了重慶，將箱子鋪蓋卷搬往朱公館，在路上還這樣的想著呢：不要在路上遇到魏端本賣報，那時可就不好意思說話了。難道像自己這樣摩登的女人，竟可以和那一身破爛的人稱夫妻嗎？她想是這樣想了，但並沒有遇到魏端本。

等著坐了轎子押解著一挑行李到了朱公館，那裡可又是賓客盈門的局面。樓底下客廳裡男女坐了四五位，宋玉生在人圍正中坐著，手指口道，在那裡說戲。魏太太急於要搬著行李上樓，也沒過去問。

上樓之後，就聽到前面客廳裡有人說笑著，想必也是一個小集會。她把東西在臥室裡安頓好，朱四奶奶就來了。她笑道：「你回來就好極了，我正有筆生意要出去談談。樓上樓下這些客，你代我應酬應酬吧。有一半是熟人。樓上有了六個人，馬上就要唆哈。樓下的人，預備吃了晚飯跳舞。回頭你告訴他們把播音器接好線，地板上灑些雲母粉。我要開溜。他們若知道，就不讓我走的。」

魏太太道：「什麼生意，要你這樣急著去接洽呢？」她笑道：「有家百貨店，大概值個兩三千萬元，股東等著錢作黃金生意，要倒出。我路上有兩個朋友願意頂他這爿鋪子，托我去作個現成的中人。」

魏太太道：「既是有人願意倒出百貨店來作金子買賣，想必是百貨不如黃金。你那朋友有錢頂百貨店，不會去買現成的金子嗎？」朱四奶奶笑道：「這當然是各人的眼光不同。現在我沒有工夫談這個。回家之後，我再和你談這生意經吧。」說著，她將兩手心在臉上撲了兩撲，表示她要去化妝，扭轉身子就走了。

魏太太在她家已住過一個時期，對於她家的例行應酬，已完全明白，這就走到了樓上客廳裡去，先敷衍這些要賭錢的人。今天的情形特殊，完全是女客。魏太太更是覺得應付裕如。其中有兩位不認識，經在場的女賓一介紹，也就立刻相熟了。魏太太宣布四奶奶出門了，請各位自便。大家就都要求她也加入戰團，她見了賭，什麼都忘記了的人，當然也就不加拒絕。

十分鐘後，客廳隔壁的小屋子裡，電燈亮了起來。圓桌面上鋪了雪白的桌布，兩副光滑印花的撲克牌放在中心，這讓人在桌子外面看到，先就引起了一番欣慕的心理。她隨了這些來賓的要求，也就在桌子旁邊的椅子上坐下。這樣在余進取口裡所聽到的魏端本消息，也就完全丟在腦後了。

但她究竟負有使命，四奶奶不在家，不時地要向各處照應照應，所以在賭了二三十分鐘之後，她必得在樓上樓下去張羅這一陣。這樣倒使她的腦筋比較的清醒，她進著牌時，有八九分的把握才下注，反之，有好機會，她也寧可犧牲。因之，這天在忙碌中抽空打牌，倒反是贏了錢。

晚飯是魏太太代表著四奶奶出面招待的，又是兩桌人。她當然坐主位，而宋玉生也就挨了主席坐著。吃飯之間，他輕輕地碰了她一下腿。然後在桌子下張望著，就放下筷碗彎腰到桌子下去撿拾什麼。他道：「田小姐，請讓讓，我的手絹落在地上。」她因為彼此擠著坐，也就閃開了一點椅子，她的右手扶著椅子座沿。宋玉生蹲在地上，就把一張紙條向她扶了椅子的手掌心裡一塞，立刻也就站起來了。

魏太太對於這事，雖覺得宋玉生冒昧，但當了許多人的面，說破了是更難為情的，默然地捏住了那紙條，當是掏手絹，把那紙條揣到衣袋裡去。飯後，她搶著到臥室裡去，掩上了房門，把紙條掏出來看。其實，這上面倒沒有什麼下流的話。上寫著：

四奶奶今天去接洽這筆生意，手續很麻煩，也許今晚上不回來的。飯後跳舞，早點收場。今天賭場上的人，都不怎麼有錢，你犯不上拿現錢去贏賒帳。

在這字條上，所看出來的，完全是宋玉生的好意，魏太太再三地研究，這裡沒有什麼惡意，也就算了。不過她倒是依了宋玉生的話，對於樓下的舞廳，她沒有把局面放大。因為朱四奶奶常是在晚飯前後，四處打電話拉人加入跳舞的。飯前如在賭錢，忘了這事。飯後她就沒打一個電話，反正只有那幾個人跳，到了一點鐘，舞會就散了。樓上那桌賭因為四奶奶不在家，有兩位輸錢的小姐，無法挪動款項，也就在跳舞散場的時候，隨著撤退。魏太太督率傭人收拾一切，安然就寢。

她次日十點多鐘起床，朱四奶奶已經回來了。兩人相見，她只是微笑，朱公館的上午，照例是清靜的。四奶奶和她共同吃午飯的時候，並無第三人。四奶奶坐在她對面，只是微笑，笑著肩膀亂閃。魏太太道：「昨晚上那筆生意，你處理得很得意吧？這樣高興。」四奶奶道：「得意！得意之至！我賺了二百元美鈔。」魏太太聽了這話，不由得兩腮飛起兩塊紅暈，低下頭挾了筷子盡吃飯。

四奶奶微笑道：「田小姐，老實對你說，你愛小宋，我是知道的，可是我也很愛他。他並沒有錢，他花的全是我的。他送你的二百美鈔，就是我的。凡事他不敢瞞我，你沒有起床的時候，他在樓下客廳裡等著我呢。我見了他，第一句話就問他，我給的二百美鈔哪裡去了。他說轉送給你了，而且給我下了一個跪，求我饒恕他。我當然饒恕他，我並不要他作我的丈夫，我不會干涉他過分的。你雖然愛他，你沒有撩他，全是他追求你，我十分明白。這不能怪你，像他那柔情似水的少年，誰不愛他？不過我待你這樣周到，你不能把我的人奪了去呀。」

魏太太聽她赤裸裸地說了出來，臉腮紅破，實在不能捧住碗筷吃飯了。她放下碗筷，兩行眼淚像拋沙似的落下來。她在衣襟鈕扣上掏下了手絹，只管擦眼淚。四奶奶笑道：「別哭，哭也解絕不了問題，我可以稱你的願把小宋讓給你，我不在乎，要找什麼樣子的漂亮男子都有，我還告訴你一件祕密消息，袁三小姐也是我的人，她和我合作很久了，范寶華在她手上栽筋斗，就是我和她撐腰的，老范至死不悟，又要栽筋斗了，他現在把百貨店倒出，要大大地作批金子。我昨天去商量承頂百貨店就是他的。他在我這裡，另外看上了一個人，就是昨晚和你同桌賭唆哈的章小姐，我已經答應和他介紹成功，但是我有一個要求，教他將他和你的祕密告訴我，他大概很恨你，全說出來了。」

魏太太沒想到她越說越凶，把自己的瘡疤完全揭穿，又氣又羞，周身陡顫，哭得更是厲害。朱四奶奶撲哧一聲笑道：「這算得了什麼呢？四奶奶對於這一類的事，就經過多了，來，洗臉去。」說著拉了魏太太一隻手拖了就走。

她把魏太太牽到屋子裡，就叫女傭人給田小姐打水洗臉，當了女傭人的面，她還給魏太太遮蓋著，笑道：「抗戰八年，誰不想家？勝利快要來了，回家的日子就在眼前，何必為了想家想得哭呢？」等女傭人打水來了，她叫女傭人出去，掩上了房門，拉著魏太太到梳妝臺面前，低聲笑道：「我不是說了嗎？這沒有什麼關係，四奶奶玩弄男人，比你這手段毒辣的還有呢。將來有閒工夫，我可以告訴你，我用的花樣兒就多了。」

魏太太看她那樣子，倒無惡意，就止住了哭，一面洗臉，一面答道：「你是怎麼樣能幹的人，我還敢在你孔夫子面前背書文嗎？我一切的行為，都是不得已，請你原諒。」四奶奶笑道：「原諒什麼，根本我比你還要鬧得厲害。」魏太太道：「我真不知道那二百美鈔是四奶奶的。我分文未動，全數奉還。」四奶奶將手拍了她的肩膀，連搖了幾搖頭道：「用不著。送了不回頭，我送給小宋了，他怎麼樣子去花，我都不去管他。我不但不要那二百元美金，我還再送你三百，湊個半千。」

魏太太不明白她這是什麼意思，望了她道：「四奶奶，你不是讓我慚愧死了嗎？」四奶奶笑道：「這錢不是我的，是位朋友送給你的，讓我轉送一下而已。這個人你和他賭過兩次，是三代公司的徐經

吧。」

魏太太道：「他為什麼要送我錢呢？」四奶奶笑道：「小宋又為什麼送你錢呢？錢，我已經代你收下了。在這裡。」說著她就打開了穿衣櫃，在抽屜裡取出三疊美鈔，放在梳妝臺上，笑道：「你收下吧。」

魏太太道：「我雖和徐經理認識，可是不大熟，我怎好收他這樣多的錢呢？」四奶奶道：「你也不是沒有用過男朋友的錢。老范和洪五爺的錢，你都肯用，姓徐的錢，你為什麼就不能用？」說著這話，她可把臉色沉下來了。

魏太太紅著臉，拿了一隻粉撲子在手，對了梳妝臺上的鏡子，只管向臉上撲粉，呆了，說不出話來。朱四奶奶又撲哧地笑了。低聲道：「美鈔是好東西，比黃金還吃香。三百美鈔，不是個小數呀，收著吧。」說時，她把那美鈔拿起來，塞到她衣服口袋裡去了。

魏太太覺得口袋裡是鼓起了一塊。她立刻想到這換了法幣的話，那要拿大布包袱包著才拿得動的。這就放下了粉撲子，抓住四奶奶的手道：「這事怎麼辦呢？」說時，眼皮羞澀得要垂下來。四奶奶笑道：「你真是不行，跟著四奶奶多學一點。男人會玩弄女人，女人就不能玩弄男人嗎？拿了錢來孝敬老娘，就不客氣地收著。不趁著這年輕貌美的時候，挖他們幾文，到了三十歲以後，這就難了。四十歲以後呢，女人沒有錢的話，那就只有餓死。事情是非常的明白。你不要傻。」

魏太太被四奶奶握著手，只覺她的手是溫熱的。這就低垂了眼皮低聲問道：「這事沒有人知道嗎？」四奶奶笑道：「只有我知道，而且你現在是自由身子，就是有人知道了，誰又能干涉你？那徐經理今天請你吃晚飯。」魏太太道：「改天行不行呢？」四奶奶道：「沒關係，儘管大馬關刀敞開來應酬，自然我會陪你去。」

魏太太在四奶奶屋子裡坐了一會子，實在也說不出什麼話來，自己任何一件祕密，人家都知道，有什麼法子在她面前充硬漢呢？而況又是寄住在她家裡。當時帶了幾分尷尬的情形，走回自己臥室裡去。把口袋裡的美鈔掏出數了一數。五元一張的，共計六十張，並不短少。她開了箱子把三百元美鈔放到那原存的二百元一處，恰好那也全是五元一張的，正好同樣的一百張。這真是天外飛來的財喜。若跟著魏端本過日子，作夢也想不到這些個錢吧？四奶奶說得對了，不趁著年輕貌美的時候，敲男子們幾個錢，將來就晚了。反正這個年月，男女平等，男子們可以隨便交朋友，女子又有什麼不可以？自己又不是沒有失腳的人，反正是糟了。

她站在箱子邊，手扶了箱子蓋，望了箱子裡的許多好衣服，和那五百元的美鈔，這來源都是不能問的，同時也就看到了手上的鑽石戒指。這東西算是保存住了，不用得賣掉它了，她關上了箱子，拍了箱蓋一下，不覺得自己誇讚自己一句：我有了錢了。俗言說，衣是人的精神，錢是人的膽，她現在有了精神，也有了膽，自這日起，連牌風也轉過來了，無論打大小唆哈，多少總贏點錢。有了錢，天天有的玩，天天有的吃，她可以說是沒有什麼心事該想的，然而也有，就是自己那兩個孩子，現在過的什麼日子，總有些放心不下。她聽說白天是寄居在鄰居家，這鄰居必是陶太太家。想悄悄到陶家看看小孩子吧？心裡總有點怯場，怕是人家問起情形來，不好對人家說實話。考慮著，不能下這個決心，而朱四奶奶家又總是熱鬧的，來個三朋四友，不是跳舞唱戲，就是賭錢，一混大半天和一夜，把這事就忘了。

不覺過了七八天，這日上午無事，正和朱四奶奶笑談著，老媽子上樓來說，范先生和一個姓李的來了。魏太太忽然想起了李步祥，問道：「那個姓李的是不是矮胖子？」女傭人道：「是的，他還打聽田小姐是不是也在家呢？我說你在家。」魏太太道：「既是你說了，我就和四奶奶一路去見他。」說著，兩人同時下樓，到了樓梯半中間，她止住了步子，搖了幾搖頭。

四奶奶道：「不要緊，范寶華正有事求著我，他不敢在我這裡說你什麼，而且你也很對得起他。」魏太太道：「我倒不怕他，把話說明了，究竟是誰對不住誰呢？只是這個姓李的，我不好意思見他，他倒是個老實人。他好像是特意來找我的。他和陶家也很熟，也許是姓魏的託了他來談孩子的事吧，我見了面，話不好說，而且我又喜歡哭。」

四奶奶笑道：「你的意思，我明白，我找著他在一邊談談吧。假如孩子是要錢的話，我就和你代付了。」魏太太點了點頭，倒反是放輕了步子回轉到樓上去。

四奶奶在樓下談了半小時，走回樓上來，對她笑道：「你不出面倒也好。李步祥說，他是受陶伯笙太太之托來見你的。姓陶的和太太鬧著彆扭，一直沒有回家。陶太太自己，擺紙菸攤子度命。自己的孩子都顧不了，怎能代你照應孩子呢？她很想找你去看看孩子，和魏端本說開了，把孩子交你領來。我想你一出面，大人一包圍，孩子拉著不放，你的大事就完了。我推說你剛剛下鄉去了，老媽子不知道。我又托姓李的帶十萬元給陶太太說，以後有話對我說。這事我給你辦得乾淨俐落，教他們一點掛不著邊。」

魏太太默然地坐著有五分鐘之久，然後問道：「他沒有說孩子現在過得怎麼樣？」朱四奶奶道：「孩子倒是很好，這個你不必掛念。」說到這裡，她把話扯開，笑道：「你猜老范來找我是什麼事？」魏太太道：「當然還是為了那座百貨店的出頂。」朱四奶奶道：「光是為這個，那不稀奇。他原來出頂要三千五百萬，現在減到只要兩千四百萬了。此外，他出了個主意，說是我不頂那百貨店也可以。他希望我對那個店投資兩千萬，他歡迎我作經理。兩千萬我買小百貨店的經理當，朱四奶奶是幹什麼的？肯上這個當嗎？」

魏太太道：「姓范的手上很有幾個錢啦，何至於為了錢這樣著急？」朱四奶奶道：「這就由於他發了財還想發財。大概他已打聽得實了。黃金的官價馬上就要升為五萬。他就要找一筆現款，再買一大批黃金。現在是三萬五的官價。他想買三千五百萬元的黃金，馬上官價發表，短短的時間，就賺一千五百萬，而且買得早的話，把黃金儲蓄券弄到手，送到銀行裡去抵押，再可以套他一筆。所以他很急。不過各人的看法不同，他肯二千四百萬出頂那個百貨店，也有人要。你猜那人是誰。」魏太太道：「投機倒把的事我一摸漆黑，不知道。」四奶奶伸手一掏她的臉腮，笑道：「就是你的好友徐經理呀。」魏太太聽了這話，臉上一紅，微微一笑。

第二回　一連串的好消息

魏太太的微笑，不僅是難為情，她也這樣想著，我也眼看到范寶華出賣他的財產，而且也可以說是賣給自己的好友。在范寶華交易成功以後，到朱公館來和四奶奶道謝，她也就一同隨四奶奶出來相見。范寶華看到她，首先是一驚，她不但裝扮得更是漂亮，而且臉上和手臂上的肌肉，長得十分豐潤。這已到了四川的初夏季節。魏太太穿了一件藍綢白花背心式的長衫，兩隻肥白的手臂完全露出。在左臂上圍了一隻很粗的金膀圈，當大後方大家全著了黃金迷的日子，凡是佩戴著新的金器品，那就是表示了那人有錢。

她在朱公館住了這些時候，已是應酬爛熟，這就伸出一隻手來和他握著，笑問道：「范先生更發財了吧？」他道：「發財？我瞞不了四奶奶，我把老底子都抖著賣了。」

賓主落了座，范寶華首先表示道：「今天來此，並無別事，特意來和四奶奶道謝，這爿店倒出了，你給我幫了不小的忙，因為上個比期，我聽到說黃金官價快要升到五萬了，我就大膽借了一筆錢，作了一百五十兩黃金儲蓄，利息是十一分。不想儲蓄券買到手了，偏偏是官價沒有提高。昨天的比期，我若不還錢，又得轉一個比期，那我就要蝕本了，前天我把倒店的這筆錢得著了，昨天還了債，而且是喜事成雙，大概明後天官價就要提高，這個消息，我得的十分準確。四奶奶可以趁此機會趕快作點黃金儲蓄吧。」

四奶奶笑道：「作黃金生意的人，天天自己騙自己，總說是黃金官價要提高。財政部長，比作生意的人，還要聰明得多，他不會讓老百姓占便宜下去的。」范寶華道：「那是當然。不過現在黃金黑市是八萬上下，一兩黃金比官價貴四五萬元，財政部能夠老是這樣吃虧下去嗎？」

朱四奶奶點著頭道：「那是當然。不過三萬五的黃金現在還可以儲蓄，到了五萬就動不得了。你若是願意出四萬的價錢，我這裡有朋友託賣的幾十兩儲蓄券，八月底到期。」范寶華道：「真的，那是兩萬官價定的了。」

四奶奶道：「那就憑你去計算吧。反正你現在出四萬，三個月後至少撈回八萬。」范寶華大為興奮，不由得站起來問道：「多少兩呢？」四奶奶道：「五十多兩，分四張儲蓄券。你要接受，就趁早。這是兩位小姐輸了錢，抵押賭博帳的。」范寶華拍了手道：「我全要，我全要！」

魏太太坐在一邊看到，微笑道：「范先生對於買金子還是這樣感到興趣。」范寶華道：「我穩紮穩打，又不冒一點險，怕什麼的，至少是不賺錢，絕不會吃官司。」她聽說，臉一紅，沒有話說，朱四奶奶把話扯開來道：「范老闆，言歸正傳，你要買這五十兩儲蓄券，四十八小時限期，過期我就賣給別人了。還有一層，若是官價宣布到五萬，你就帶了錢來，我也不賣，反正不能比官價還便宜些。」

范寶華站著向她拱了手道：「四奶奶再幫我一次忙，請你替我保留四十八小時。若是官價升到了五萬，那當然另作別論。」說時，他看到魏太太冷冷地坐在那裡，也向她拱了手道：「田小姐請你替我美言兩句，我若是賺了錢，一定請客。」魏太太只抿嘴笑著，沒有作聲。范寶華很知道她的身世，倒不介意她是否高興。他立刻注意到去籌款，就向四奶奶告別了。

他走著路，心裡就想著這將近二百萬的現鈔，要由哪裡出？唯一能和他跑腿的，還是李步祥，他連走了兩家談生意的茶館，把李步祥找著，請他到家裡吃午飯，並把朱四奶奶讓出五十兩黃金儲蓄券的話告訴他。問道：「老李，你能不能和我再跑兩天。我手上還有一小批五金材料，你去和我兜攬兜攬主顧看。」李步祥道：「五金材料，也不比黃金壞，留在手上，照樣的漲價。我看你還是把買得的黃金儲蓄券，送到銀行裡去抵押，再套一批款子。用黃金滾黃金，這法子最簡單。」

范寶華笑道：「這個法子，我還要你說嗎？我手上的黃金儲蓄券，有十分之五六，都在銀行裡，只有最後套來的一批，還放在手上。大概還有二百多兩。這二百多兩，拿去抵押，總還可以借到五六百萬。可是你得算算利錢，每個月負擔多少？我就是盡五十兩做，恐怕也要拿出八十兩去押，才套得出現款來。這樣套著，買的黃金儲蓄越多，手裡的存券就越少。反過來，利錢倒越背越多。所以我現在不想套著做了，願意拿現錢買現貨。五金變成金子，不賺錢也不會吃虧。」

李步祥將手摸摸頭，笑道：「若是據你這說法，黃金提高官價的事，一定是千真萬確的了。第一次黃金漲兩萬的時候，我失了機會，只買了幾兩。第二次漲三萬五的時候，我還是沒有趕上，只買了幾兩。這一次漲五萬以前，嚇！我得狠他一下。」說著一拍大腿，用腳在地面重重一頓。

范寶華道：「我老早不是說過了嗎？就是借錢幹，也還比作普通生意強。」李步祥道：「你看這次黃金加價，會在什麼時候發表？」說著，他向范寶華的臉上看著，好像他的臉上就有一行行的字，能把這問題答覆下來。他笑道：「信不信由你，至多不會出一個禮拜。在銀行裡擺著一字長蛇陣的人，搶著買黃金，財政部要提高，也得壓兩天他們的寶，若是可以由人民隨便押中，以後的戲法就不靈了。這幾天銀行裡買黃金的高潮又過去了。財政當局再也憋不住的。」李步祥笑道：「你雖不是財政部長，由於上兩次加價，你都猜得很準，我是一定相信你。你有什麼東西零賣，開張單子給我，我和你跑跑。」

范寶華就在他的皮包裡取了十張單子給他，並答應借給他五兩金子的本錢。這個重賞，把李步祥激動了，立刻就走去。范寶華也夾了皮包，上他的寫字間。在每日下午兩三點鐘的時候，這裡總有些人來往，交換商場情報。這來往的並不限於正式商人，品類是相當複雜的。他正由樓下的公司營業部走上了樓梯口。一位穿西服的，迎面相遇，抓著他的手道：「你這時候才來，我到你寫字間來了兩三次了。」范寶華道：「失迎失迎，我今天中午接洽一筆買賣，未免來得晚了一點。屋子裡談吧。」

這人隨著范老闆進了屋子，他隨手就把房門掩上。笑道：「老實說，我是夠交情的。我為了報告你這消息，三十分鐘之內，我兩次上這個樓。」范寶華笑道：「你看金子官價快要發表了嗎？」說著，他在身上取出菸盒子來，打開盒子，捧著送到客人面前，請他取菸。

他搖搖手道：「我沒有工夫。我看到我們老闆剛才發出去一封親筆信，是送給一家銀行經理的，又打出去兩個電話，再三叮囑快點辦，遲了時間就來不及了。我看這情形，就猜著和金價有關。老實說，我也想發財。我就特別獻殷勤，藉著向老闆回話的機會，故意到公事抽屜櫃裡去尋找文件。其實這都是極普通的文件，連人家送的雜誌都分別塞在那裡，老闆向來不看。重要文件，有他的機要祕書管著，不會放在那裡，我故意自言自語地說前幾天收到兩張訃聞不知道是什麼日子開弔，應該查查看。我這樣說著，就只管在那裡整理文件，意思是要等我們老闆接過電話。我這個計劃，總算沒有白費力，不到十五分鐘，來了電話。我們老闆接著電話，先就是一陣高興，後來說：『當然請客，還要大大地請客。數目可以作三四個戶頭，反正不把我的姓改掉就成，用什麼名字都可以。不過後天禮拜六下午，可能發表，你辦得要馬前一點。若是提前發表，我們就撲空了。』我聽了這些話，再根據老闆向銀行裡經理去信的事，互相參考一下，那不是買黃金儲蓄是幹什麼。說的後天發表，不是黃金官價發表，又是什麼？」

范寶華偏著頭想了一想道：「你猜著應該是對的。縱然不對，我們也應當向這個方向辦。」說著和那人握了兩握手。那人笑道：「我還有幾個地方要去，事情緊迫，不說閒話了。」說著轉身就向外走。范寶華道：「我的期票還沒有開給你呢。」那人笑道：「我們都是在社會上要個漂亮場面的人，誰也不會過河拆橋，你趕快預備頭寸吧。」說著，抬起手來向他招了兩招，拉開門出去了。

范寶華送到了房門口，呆站了一下，見來人是匆匆而去，步子放落得極不自然，可知道他心裡是很著急的。他回到屋子裡，先坐下來吸了一支菸，自己一拍大腿，也就站起來，隨著信口道：「找頭寸去。」

門一推進來一位穿藍湖縐長衫的朋友。他這衣服是戰前之物，表示了他是位囤積的能手。他蓄著兩撇短八字鬍，梳了半把背頭，臉子上光滑紅潤，也表示他休養有素。他從容地走了進來，問道：「我以為你和朋友在談生意經呢。」他笑道：「談生意經的朋友，是剛剛走出去，我在著急。黃經理有何見教。」

他將房門隨手關上了，低聲笑道：「據我得的消息，三天之內，就要……」范寶華：「黃金官價，加到五萬，或者七萬。」黃經理道：「你只猜到了一半，是黃金儲蓄，要停止辦理。這本來是個極明顯的事情。黃金黑市到了八萬多，官價還是三萬五，那不是有意讓國庫虧本？不過為了官方面子，咬著牙拖下來這麼一個時期。現在實在拖不下去了，非停辦不可。停辦之後，黑市脫了官價的聯繫，那還不是拚命的跑野馬。老兄若是手上有錢，趕快的作黃金儲蓄吧。三天之後，你就可以發小財。」

范寶華道：「你這消息可靠嗎？」黃經理道：「太可靠了。」范寶華笑道：「多謝多謝，你給我這消息，是太夠交情了。我若賺了錢，請你吃飯。」黃經理搖搖頭道：「請我吃飯用不著，今天晚上，有個小應酬，要請你幫一點忙。」

范寶華道：「只要我能夠辦到的，你就說吧。」黃經理道：「我們公司裡一個姓吳的小職員，太太添了孩子，自己有點小虧空，想不出法子彌補。聽到黃金儲蓄要停辦的消息，他忽然計上心來，打算邀一場頭。將所得的頭錢，趕快就去作黃金儲蓄。等著黃金儲蓄停辦了，他把儲蓄券出賣，一定可以撈個對本對利。他所邀的角色，都是這二樓上的老闆先生們。你是個唆哈能手，對這事諒無推辭的了。」說著，他拱了兩拱手。

范寶華笑道：「打唆哈我沒有推辭過的事。不過今天的時間，我要騰出來去找頭寸。」黃經理笑道：「談到找頭寸，范先生有的是辦法，難道還要整夜地奔忙嗎？而且太晚了，頭寸也無法去找。我們現在不妨把時間定到晚上八點鐘。這位邀頭的吳老弟，他當然要辦一點菜，請大家吃餐便飯。」

范寶華道：「這樣下本錢，還要請大家吃頓便飯。那麼，打少了頭錢，人家還不夠開銷呢。」黃經理道：「唯其如此，所以還要找大角兒名角兒才能唱成這臺戲。」

范寶華沉思了一下子，點頭道：「我就湊一腳吧。在什麼地方？」黃經理道：「我們那小職員，所住一間屋，餐廳和廁所都在那裡，那也實在無法招待來賓，就在我家裡吧。」

黃經理也是在這樓上設下寫字間，專作游擊生意的。范寶華偶然周轉不靈，也和他通融些款子。他出來替夥計們邀一場賭，自也不能駁回，就約定了八點半鐘以前準到。這時他心裡不想別的，料著不論是黃金折價，或者是停止儲蓄，但在最近幾天，必有一樁實現。實現以後，黑市必又是一個劇烈的波動。這個機會，不能失掉，他抬頭一看，那位黃經理什麼時候走去，已不知道。剛才站在屋子裡低頭沉思，已是出了神了。他轉後悔不該讓李步祥去兜賣五金材料，自己親自出馬，倒是立刻就可以知道好壞的消息，現在把事情交給人家辦去了，若是自己又出去辦，這事就弄得一女許配兩個郎了。他心裡這樣想著，兩手背在身後，就在屋子裡繞圈子走著。

走了幾個圈子，他又坐下來，吸一支紙菸，最後，他站起來一拍桌子，說了一句走。把放在桌子上的皮包提了起來，就有個要出門的樣子。倒不想門外有人答應了，笑道：「范老闆起什麼急，你怕金子會飛了？」說話的，正是他盼望的李步祥。

便問道：「有好消息嗎？」李步祥搖搖頭道：「接連跑了四五家，有的說，你那單子上定的價錢賽過了行市，他們不能接受。有的一看單子，就知道是范老闆的存貨。他們說得更是氣人。范老闆又是買金子差了頭寸，拋出五金材料來換現錢。賣貨要賺錢，買金子又要賺錢，錢都歸范老闆一個人賺了，這個時候，有現錢在手的人，誰不去買黃金，又痛快，又簡單。誰願囉哩囉唆，買一批五金材料在家裡擺著。」

范寶華淡笑道：「你出去跑了半天，就是把人家這些罵我的話帶了回來？」李步祥笑道：「你別忙呀，當然我還有話。最後我跑了兩家五金行，他們正要帶些材料到內地小縣份去。看了這單子上的貨，有合用的，也有不合用的，要分開來買。若不分開，就照碼打七折。」

范寶華搖著頭，那句不賣的話還沒有說出，李步祥又道：「我給你算了一算，就是打七折，你還可以賣出二百萬大關。只要你一點頭，他們把銀行裡的本票給你。你有了本票，明天上午就可以買黃金儲蓄券，後天上午，你就把儲蓄券拿到手。若是這個時候，宣布黃金加價，你還是合算之至！你若不放心，我已給你找到了路子，你自己去接洽。」

范寶華低著頭想了幾分鐘，頓著腳道：「好吧，為了黃金，我百貨店都倒出了，這一點五金材料的存貨，我留著也作不出好大的辦法來。好罷，我掃清底貨，賣了就賣了。以後我專作黃金，連這個寫字間也不要了。」李步祥笑道：「你也就是坐在家裡等著發財。」

范寶華道：「我八點半鐘還有個約會，現在我們就去簽張草約。走吧。」說著，他挽了李步祥的手就走。這個寫字間，范老闆和鄰居亭子間，共用了一名茶房，叫老麼。他在老闆來了之後，就去給他預備開水泡茶，他這時提著茶壺來了，卻正碰到老闆走出門。他這就笑道：「生意郎個忙，茶都不喝一口唆？」

范寶華笑道：「我實在也是忙糊塗了，我走進這寫字間，是怎樣進來的都不知道，我還忘了有個李老麼呢。」他笑道：「范先生，你不忙走，我有件事求求你。你硬是要答應咯。」

范寶華笑道：「你還沒有說出要求來，先就說硬是要我答應，這話教我怎麼說呢？」李老麼鞠著躬道：「范先生，你忙，也不在乎幾分鐘嗎，你耍一下，我有話說。」說著，他斟了一杯茶，雙手送到面前，請他接著，然後在衣服袋裡，取出一張紙條，又是一鞠躬，雙手呈給范老闆。他接過來看著。上面這樣寫：

敬呈范大經理。啟者無別，止因我家老祖母冉病在床，沒得醫藥費。立馬要借薪工三個月。他是七十八歲之人，望大經理開恩，借我，三個月巴。二天長薪工我的薪工不加，算是利錢，要得？千即千即。茶房李老麼鞠躬。

范寶華笑道：「難得，雖然上面不少別字，我居然看懂。你有老祖母？我沒聽見你說過。你不是再三聲明，你是六親無靠的一個人嗎？」李老麼笑道：「這個老祖母是我過房麼叔的祖母。」

范寶華笑道：「更胡說了。你麼叔的祖母，是你的曾祖母，你怎叫祖母呢。你老實說，是怎樣搞虧空了，要借錢。」李老麼正了臉色道：「龜兒子騙你，我沒有搞虧空。我不嫖不賭，六親無靠，啥子虧空？」

范寶華笑道：「現在是你自己說的，你六親無靠，你哪裡來的祖母？」李老麼將手抬起來搔搔頭髮，這就笑道：「我有點正當用途，確是，龜兒子就騙你。」范寶華道：「你有什麼正當用途？快說，我要走了。」李老麼道：「大家都在買金子準備發財，我當茶房的人就買不得？你借三個月薪工給我，有個四五萬塊錢，我也買一兩耍耍。」李步祥在一旁聽到伸了一伸舌頭。

范寶華笑道：「你說明了，我倒是可以幫你一個忙，明天上午，你到我家裡去，我準給你一兩黃金的錢，你要發這注小財，還是越快越好，明天上午，你必須把現款交到銀行裡去。」李老麼聽說，深深地鞠躬，范李二人這才從容地出門。

走在路上，李步祥道：「老麼怎麼也知道搶黃金？」范寶華道：「大概這黃金停止儲蓄的消息，這三層樓都傳遍了，利之所在，誰不去搶？」他們說著話，已經到了樓房的大門口。身後忽然有人接嘴道：「李老闆，教你笑話。」回頭看時，卻是陶伯笙太太。

她提了一隻大白包袱，裡面伸出許多長紙盒子的兩頭，正是整條的紙菸。她穿了件舊藍布大褂子，脊梁都讓汗溼透了。李范兩人都知道她已在擺紙菸攤子了，並不敢問她提著什麼。范寶華向她點了個頭道：「久違久違，我是和老李談著茶房借工資買黃金的事。」

陶太太把包袱放在地面，掏出手絹擦了一擦額頭上的汗，然後笑道：「實不相瞞，我正也是為了這事來見范先生的。你這大樓我不敢胡亂上去，我看到李先生進去的，我就在這門口等著。」范寶華以往在她家打攪過的，自不能對人家冷淡，便道：「我正有一點事，不能招待陶太太，有什麼見教，你就請說吧。」她笑道：「伯笙不告而別地離開家庭到西康去了。我一個女人，怎能維持得了這個家。我現在已經作小生意了。作小生意怎能有多大翻身呢？家裡還有幾件皮衣服，我想托范先生給我賣掉它，就是賣不掉，押一筆款子也好，因為我等著錢用。」

范寶華笑道：「夏天賣皮貨，這可不是行市。你有什麼急用呢？」陶太太笑道：「剛才范先生說了，茶房都要借工錢作黃金儲蓄，哪個不想走這條路呢？」范寶華聽她這話，又看她臉上黃黃的，很是清瘦。他心裡這就聯想到，無論什麼人都在搶購金子了。

第三回　魔障復生

陶太太這個要求，在李步祥看起來，倒是很平常的。什麼人都變賣了東西來作黃金生意，她把那用不著的皮貨變成黃金，那不是很好的算盤嗎？便在一旁湊趣道：「陶太太現在的生活，也很是可憐，范先生路上若有熟人願意收買皮貨的，你就和她介紹介紹吧。」范寶華很是怕她開口借錢，就連連地點了頭道：「好的好的，我給你留心吧。」說著，他拔步就走。

李步祥倒是不好意思向人家表示得太決絕，只得站在屋簷下向她點了頭，微笑道：「陶太太現在是太辛苦了，是應當想一個翻身的法子。伯笙走的這條路子也算是個發財的路子，等他回來了就好了。」

陶太太看了范寶華已經走遠，笑道：「發財的人，就是發財的人，他生怕我們沾他什麼光。其實我不要沾什麼光，我是來碰碰機會，看看那位魏太太在不在這裡？她不要魏先生，那也算了，這年月婚姻自由，誰也管不著她。只是她那兩個孩子，總是自己的骨肉，她應該去看看，有一個孩子，已經病倒兩天了。魏先生自己要作買賣，又要帶孩子，顧不到兩頭，只好把那攤子擺在那冷酒店門外，那就差多了。」

李步祥道：「他不是在賣報嗎？」陶太太道：「白天擺小書攤子，晚上賣晚報，這兩天不能賣報了。真是作孽，他想發個什麼財，要買什麼金子呢？當個小公務員，總比這樣好一點吧？」

李步祥站著想了一想，點著頭道：「你是一番熱心，我知道。魏太太不會到這裡來的，她現在和闊太太闊小姐在一處了。你這話，我倒是可以轉告她。我要陪范先生去作筆生意，來不及多談。有工夫，我明天去回你的信吧。」他說畢，也就走開。

范寶華在街邊等著他呢。問道：「準是她和你借錢吧？」李步祥笑道：「人窮了，也不見著發財的人就紅眼。她倒是另有一件事訪到這裡來的。」因把陶太太的話轉述了一遍。

范寶華搖搖頭道：「那個女人，雖然長得漂亮，好吃好穿又好賭，任什麼事不會幹，姓魏的把她丟開了，那是造化，要不然，他也許還要坐第二拘監所。今天我的生意做妥了，我倒可以賙濟賙濟他。快點去把這筆買賣作成吧。」

他口裡說著快，腳下也就真的跟著快。向李步祥道：「走上坡路，車子比人走慢得多。走吧。」說著，他約莫是走了二三十家店面，突然停住了腳步，向他笑道：「這個不妥。我們趕上門去將就人家，也許人家更要揑住我們的頸脖子。東西少賣幾個錢，我倒是不在乎。若是人家拖我兩天日子，那我就全盤計劃推翻，還是你去接頭，我在家裡等著。只要今天晚上他們能交現款，我就再讓步個折扣，也在所不惜。老李，人在這個時候，是用得著朋友的。你得和我多賣一點力氣。」說時伸手連連地拍了他的肩膀。他也不等李步祥回答，就向回家的路上走了。

他到了家，那位當家的吳嫂看了他滿臉焦急的樣子，知道他又是在買金子。因為每次收買金子，他總要緊張兩天的。便向他微笑道：「你硬是太忙。發財要緊，身體也要緊。不要出去了，在家歇息一下嗎。消夜沒得。」說著，伸手替他接過皮包和帽子。

老范不由得打了個哈哈笑道：「我忙糊塗了，忘記了吃飯這件大事。我生在世上，大概不是為吃飯來的，只是為賺錢來的。好，你給我預備飯。』他說著話，人向樓上走。走到樓梯半中間，他又轉身下來，站在堂屋中間，自搔頭髮自問道：「咦！我忘了一件什麼事，想不起來，但並沒有忘記什麼東西。哦，是了，我的皮包沒有拿回來。吳嫂，暫不開飯我出去一趟，馬上就回來。」

吳嫂和他捧著茶壺走來，笑道：「喝杯茶再走嗎。應了那句話，硬是搶金子。」他道：「我把皮包丟在寫字間了。有圖章在裡面，回頭我等著用。」吳嫂笑道：「硬是笑人。皮包你交給我，我送到樓上去了，你不曉得？」范寶華笑道：「是的是的，你在門外頭就接過去了，不過我總忘記了一件事。」

吳嫂斟了一杯茶，雙手遞給他，笑道：「不要勒個顛三倒四。是不是沒看著晚報？」他道：「不是為了夜報，但我的確也忘了看，你給我拿來吧。」他端了茶杯，坐在椅子上慢慢地喝著，眼睛還是望了茶的顏色出神，見杯子裡漂著兩片小茶葉，他就看這兩片茶葉的流動。

吳嫂站在身邊道：「看報，不要啥子，你回回作金子都賺錢，這回還是賺錢。」她把晚報放在他茶杯子上，笑道：「你看報，好大的一個金字。」范寶華順眼向報上看去，果然是報上的大題目，有一個金字。這個金字，既是吳嫂所認得的，當然他更是觸目驚心，立刻放下茶杯，將晚報拿起來看。歐洲的戰事國內的戰事，他都不去注意，還是看本市版的社會新聞。那題目是這樣的寫著：「黃金加價，即將實現。」他立刻心裡跟著跳了兩跳。

他還怕看得有什麼錯誤，兩手捧了報，站在懸著電燈光底下，仔細看著。那新聞的大意，是黃金加價問題，已有箭在弦上之勢，日內即將發表，至於加價多少卻是難說，黃金問題，必定有個很大的變化。若是不加價，政府可能就會停止黃金政策的繼續發行。老范看了那新聞，覺得對於自己所得的消息，並沒有錯誤。他把報看過之後，又重新地再看一遍。心裡想著，總算不錯，今天預先得著了消息，趕快就抓頭寸。這消息既然在晚報上登出來了，那不用說，明天日報會登得更為熱鬧。回頭李步祥把主顧帶著來了，只要給現錢，我什麼條件都可以接受。

他這樣的想著，將報拿著，兩手背在身後，由屋子裡踱到院子裡去，由院子裡又踱到屋子裡來，就是這樣來回地走著。吳嫂把飯菜放到堂屋裡桌上，他就像沒有看到似的還是來回地走著。吳嫂叫了幾聲，他也沒有聽到。吳嫂急了，就走過來牽著他的衣袖道：「朗個的？想金子飯都不吃唆？」范寶華這才坐下來吃飯。可是他心裡還不住地想著，假如李步祥失敗，就要錯過一個絕大的發財機會。他正吃著飯，突然地放下筷子碗，將手一拍桌子道：「只要有現款，什麼條件，我都可以接受。」

吳嫂站在一邊望了他，臉上帶了微笑，正有一句話要問他。桌子一響，她嚇了身子震動著一跳，笑道：「啥子事？硬是有點神經病。」范寶華回頭看了她笑道：「你懂得什麼，你要在我這個境遇，你會急得飛起來呢。」

李步祥在門外院子裡答言道：「范先生，有客來了。」范寶華放下筷子碗，迎到屋子外面來，口裡連說著歡迎。但他繼續到第三個歡迎名詞的時候，感覺到不妥，還不知道來的人屬於百家姓上哪一姓，怎好就說出歡迎的話來？因之，立刻把那聲音縮小了。

隨著李步祥走進屋子來的，也是一位穿西服的下江人。他黃黃的臉，左邊腮上，有個黑痣，上面還長了三根黃毛。這個人在市面上有名的，諢號穿山甲。范寶華自認得他。問道：「周經理，好久不見，用過晚飯沒有？」他笑道：「我們不能像范先生這樣財忙，現在已是九點多鐘了，豈能沒有吃過晚飯？你可以自便，等著你用過了飯，我們再談吧。」

范寶華餓了，不能不吃，而又怕占久了時間會得罪了這上門的主顧，將客人讓著在椅子上坐下了，又敬過了一遍茶菸，這才坐下去將筷子碗對著嘴，連扒帶倒，吃下去一碗飯，就搬了椅子過來，坐在面前相陪。先就說了幾聲對不起。

李步祥怕他們彼此不好開口，先笑道：「周老闆很痛快的。我把范兄的意思和他說了，他說在商業上彼此幫忙，一切沒有問題。」范寶華連說很好，又遞了一遍紙菸。

那穿山甲周老闆笑道：「都是下江商人，什麼話不好說。那個單子，我已經算好了，照原碼七折估計，共是二百四十二萬。說一是一，說二是二，我們就照單子付款。不過那時間太晚了，連夜要抓許多現款，實在不是容易事。現在我只找到二百萬本票，已經帶來，都是中央銀行的，簡直當現鈔用。這對於范老闆那是太便利了。」說著在身上掏出一隻透明的料器夾子，可以看到裡面全是本票和支票。他掏出幾張本票，交到范寶華手上，笑道：「這是整整二百萬。至於那四十二萬零頭，開支票可以嗎？」

范寶華雖然不願意，可是接過了人家二百萬本票，就不好意思太堅執了自己的意見，點頭道：「當然也可以。不過我明天上午就得當現款用，支票就要經過銀行一道交換的手續與時間。」穿山甲道：「若是范老闆一定要本票，今晚上我去和你跑兩家同業，作私人貼現，也許可以辦到。為了省去麻煩起見，兩萬你不要了，我去找四十萬現鈔給你，好不好。」

范寶華道：「若是貼現的話，我還是要本票，兩萬就不要了吧。」穿山甲向他笑道：「痛快，三言兩語，一切都說妥了，不過這批五金，並不是我要，我和別人拉攏的，大家都是朋友，我不能說要傭金的話，你總得請請客。」

范寶華笑道：「沒有問題，明天晚上我請你吃飯。」穿山甲笑道：「彼此都忙，也許沒有工夫。我看你單子上開有燈泡兩打，你又塗掉了，大概因為不屬於五金材料的緣故。你就把兩打燈泡送給我吧。」范寶華道：「這是我自己留著用的。好吧，我送一打給你。」穿山甲道：「好，就是那麼辦。我現在還是把那四十二萬的支票給你，以表示信用。你現在開張收條給我，並在單子上註明，照單子提貨，不付退款，並註明加送燈泡一打。」

范寶華也沒有考慮，就全盤答應了。穿山甲的一切，好像都是預備了的，就在料器夾子裡，掏出一張現成的支票給他。范寶華看時，數目是四十萬，日子還開去十天。因笑道：「不對呀，周老闆，這是期票。」他道：「這是人家開給我的支票，當然不能恰好和你所要的相符，反正這支票我是作抵押的，又不當現鈔給你。過兩小時也許不到兩小時，我就會拿本票或現鈔來換的。」

范寶華因他已經交了二百萬本票，也就只好依照他的要求，寫了一張收據和提貨單子給他。並註明如貨色不對，可以退款。他接到那單子，就笑問道：「貨在哪裡呢？我好僱車子搬走。」

范寶華道：「貨在家裡現成，夜不成事，你明天來搬還晚了嗎？」穿山甲笑道：「夜不成事，我怎麼給你貨款呢？我又怎麼答應著給你拿支票去貼現呢？貨不是我買的，我已經交代過了，交了款，我拿不到貨回去，我怎麼交代？」他說到這裡，已不是先前進門那種和顏悅色。臉子冷冷的，自取了紙菸，擦著火柴吸菸，來個一語不發。

范寶華不能說收了人家的錢，不給人家貨。笑道：「倒不想周老闆這樣不放心，好吧。你就搬貨吧。」於是亮著樓下堆貨房間的燈，請李步祥幫忙，把所有賣的貨，全搬了出來。由穿山甲點清了數目，雇了人力車子運走。

直等他走後，范寶華一看手錶，已是十點多鐘，拍了手道：「穿山甲這小子，真是名實相符，我中了他緩兵之計。現在已經大半夜了，到哪裡拿支票貼現去？看這樣子，就是明天上午，他也不會送現款來，反正他已把貨搬了去了，我還能咬他一口嗎？」李步祥道：「你也是要錢太急，他提出什麼要求，你都答應了。我不知道你是什麼算盤，我沒有敢攔著你。」

范寶華背了兩手，在屋子裡轉了圈子走路。大概轉有十多個圈子，他將放在茶几上的那份晚報拿起來看看，又拍了手道：「不管了。吃點小虧，買了金子我就撈回來了。老李，明日上午還得跑銀行，要起早。我請你吃早點。」李步祥道：「你還跑什麼銀行？朱四奶奶那裡有五十兩黃金的黃金儲蓄券，現成的放在那裡等著，你交款就手到拿來。」

范寶華道：「她的話，不能十分靠得住。我現在是搶時間的事，假如讓她耍我半天，下午也許銀行裡就停止黃金儲蓄了。辦了這筆，我再想法去買了那筆。」說話時，他坐一會，站了一會，又走一會，他當家的吳嫂，不斷地來探望他。

李步祥因已深夜，也就告辭了。他在路上想著，老范這樣忙著要買金子，想必這是要搶購的事情。他臨時想得一計。自己皮包裡，還有老家新寄來的一封信，是掛號的，郵戳分明。在大街上買了兩張信紙，帶到消夜店裡去，胡亂吃了一碗餛飩，和櫃上借了筆墨，捏造了一封家書。上寫家中被土匪搶劫一空，老母氣病在床，趕快匯寄一筆家用回來，免得全家老小飢餓而死。他把那家書信封裡的原信紙取消，將寫的信紙塞了進去，冒夜就跑了七八處朋友家裡，他拿出信來，說是必須趕快匯一筆錢回去。但時間急迫，要想立刻借一筆款子，這是不可能的事。現在只有打一個會，每個朋友那裡湊一萬元的會資，共湊十萬元。在深夜的燈光裡，大家看到他那封信，也都相信。他既需款十分迫切。在當時，一萬元又已不算什麼大數目。都想法子湊足了交給他。有的居然還肯認雙股。於是他跑到十二點鐘，就得了十一萬五千元。他的目的，不過想得十萬元，這就超過了他的理想了。他很高興地回到了寓所，安然地睡覺。

到了次日早上，他起床以後，就奔向范寶華的約會。他們在廣東館子裡吃早點，買了兩份日報看，報上所登的，大概地說，世界戰局和國內的戰局，都是向勝利這邊走。物價不是疲也是平，只有黃金這樣東西，黑市價目，天天上升。范寶華的皮包裡，已經帶有兩百多萬現款。他含著笑容向李步祥道：「老實說，我姓范的作了這多年的抗戰商人，已經變成個商業油子了。我無論作哪票生意，沒有把握，就不投資。投資以後準可撈點油水。」

李步祥偷看他的顏色，還是相當的高興，這就一伸脖子向他笑道：「你押大寶，我押小寶，我身上現有四兩的錢，不夠一個小標準，你可不可以借點錢給我湊個數目。」范寶華笑道：「你要我來個四六拆帳，那未免太多了吧？」李步祥笑道：「那我也太不自量了。只要你借我四萬元，讓我湊個小五兩。我昨天和你跑了一下午不算。今天我還可以到銀行裡去排班，以為報酬。」

范寶華擦了一根火柴，點著菸吸，噴出一口煙來笑道：「以前我是沒有摸到門路，到國家銀行裡去亂擠，現在用不著了。這事情可交給商業銀行去辦。我們就走，我準保沒有問題。」說著，站起來就要向外開步。

李步祥扯著他的衣袖笑道：「四萬元可沒借給我，你還打算要我會東。」范寶華呵了一聲笑著，復坐下來把東會了。李步祥道：「我看你這樣子，有點精神恍惚，你不要把昨晚收到的本票都丟了。」范寶華道：「穿山甲答應給我現鈔的。可能那張四十萬元的期票，都會是空頭，那我也不管它了，有了機會再抓。四十萬元的虧，我還可以吃得起。」李步祥見他帶著那不在乎的樣子，也就不再追問，跟了他走。

范寶華自從和萬利銀行作來往上了一次當以後，他就不再光顧滑頭銀行了。現在來往最密的是誠實銀行。這家銀行穩做，進出的利息都小。那銀行經理賈先生，也能顧名思義，他卻是沒有一切的浮華行動，終年都是藍布大褂，而頭上也不留頭髮，光著和尚頭，嘴唇上似有而無的有點短鬍渣子，他口裡老銜著支長可二尺多漆桿菸袋，斗子上，插一支土雪茄。這是個舊商人的典型。

范寶華對他，倒很是信仰。帶著李步祥到了誠實銀行，直奔經理室。那賈經理一見，起身相迎，就笑道：「范先生又要作黃金儲蓄。」他呆站瞭望著他道：「你怎麼會知道這件事呢？」賈經理左手執了旱菸袋，先伸出右手和他握了一握，然後指了鼻子尖道：「我幹什麼的？難道這點事都不知道嗎？就從昨天下午四點鐘起，又來了個黃金浪潮，不過這買賣竟是穩做可靠。」

范寶華見他這樣說穿了，也不必彎曲著說什麼，就打開皮包來，取出本票，托他向國行去辦黃金儲蓄六十兩，而且還代李步祥買五兩。賈經理很輕微地答覆道：「沒有問題，先在我這裡休息休息，吸支菸喝杯茶，我立刻叫人去辦。」他把客人讓著坐了，叫茶房把一位穿西服的行員叫了來。他將經理桌上的便條，開了兩個戶頭的名字，和儲蓄黃金的數目。交給那個行員道：「最好把儲蓄券就帶了回來。」那行員答應著去了，賈經理道：「范先生，你能等就等，不能等，就在街上遛個彎再來，我先開張收據給你，也不必經營業股的手了，我親自開張便條吧，在兩個鐘頭就要把收據收回來的。」

范寶華道：「我一切聽便。」那賈經理口裡還咬住旱菸袋嘴子，將旱菸桿放在身旁。他坐在經理席上偏了頭就將面前的紙筆寫了一張收據並蓋了章，交給范寶華道：「兩筆款子開在一處，沒有錯。」說畢，吸著旱菸。因為經理室又有客來。范李二人馬上告辭。

到了街上，李步祥道：「我看這位經理土頭土腦，作事又是那樣隨便，這不會有問題嗎？」范寶華笑道：「我們這點錢，他看在眼裡？兩億元他也看得很輕鬆。我非常地信任他。回頭來，我們就可以取得黃金儲蓄券，我心裡這塊石頭算是落下去了。現在我們要考慮的，就是到哪裡去消磨兩三個鐘頭。」李步祥道：「我要看看魏端本去，到底怎樣了，我倒是很同情他。」范寶華同意他這個說法，走向魏端本住的那個冷酒店來。

在街上，遠遠地就看到那裡圍上一圈人。兩人擠到人圈子裡看時，一個穿灰布中山服的人，蓬著頭髮，他手上拿了幾張鉛印的報紙傳單，原是賣西藥的廣告，上面蓋了許多鮮紅的圖章。他舉著那傳單，大聲叫道：「這是五十兩，這是五百兩，這是一兩，大小數目都有，按黃金官價對折出賣，誰要誰要？」他叫完了，圍著的人哄然大笑。

第四回　失去了母親的孩子

這個瘋子所站的身後，地面上鋪了一塊蓆子。蓆子上放了一些新舊書本，和一些大小雜誌。那蓆子邊站著一個穿青布制服的漢子，兩手環抱在胸前，愁眉苦臉的，對這個瘋子望著，那正是魏端本。范寶華進入圈子裡，向他點了個頭道：「魏先生，好哇？這個人怎麼回事？」魏端本也向他點點頭。斷章取義的，只答應了下面那句話，苦笑道：「這是我一個朋友余進取先生，是個小公務員。因為對黃金問題，特別感到興趣，相當有研究。可是他和我一樣的窮，沒有資本作這生意，神經大概受了一點刺激，其實沒有什麼了不得。」

余進取先生笑嘻嘻地聽他介紹，等他說完了，就向范寶華笑道：「誰要說我是瘋子，他自己就是瘋子。我沒有一點毛病：你先生的西服穿得很漂亮，皮包也很大，我猜你絕不是公務員，你一定是商人。你願不願意和我合夥作金子，我準保你發財。你看，我這不是黃金儲蓄券？由一千兩到一兩的，我這裡全有。」說著，他把手上拿著的一疊傳單舉了起來。

范寶華笑道：「余先生，你醒醒吧，你手上拿的是賣藥的傳單。」他笑道：「你難道不識字？這一點沒有錯，是黃金儲蓄券。這個不算，我還有現貨。」說著，他就回轉身去，在地面上拾了一塊石頭，高高地舉過了頭笑道：「你看，這不是金磚？」

圍著看的人又哈哈大笑。這算是驚動了警察，來了兩名警士瞪了眼向瘋子道：「剛才叫你走開，你又來了。你再不走，我就把你帶了走。」他淡笑道：「這奇怪了。買賣黃金，是政府的經濟政策，我勸市民買黃金，這是推行政令，你也干涉我。」警士向前推了他道：「快走，你是上輩子窮死了，這輩子想黃金把你想瘋。」他帶說帶勸把他拉走，看到人跟在後面，也就離開了這冷酒店的門口。

范寶華這就近前一步，向端本笑道：「你這位朋友很可憐，眼看見勝利快要接近，他倒是瘋了。將來回家，連家裡人都不認得了。」魏端本笑道：「我的看法，倒是和范先生相反。瘋了更好，瘋了就什麼都不想了。」他說著話，彎下腰去，把蓆子上放的書本整理了一下，手上拿起兩本書，向空中舉著，笑道：「我現在做這個小生意了。往日要知道不過是這樣的謀生，何必費那些金錢和精神，由小學爬到大學，幹這玩意，認識幾個字就行了。」

李步祥怕人家不好意思，始終是遠遠地站在街邊上。現在看到魏端本並不遮蓋窮相，也就走了過來，向他笑道：「魏先生多時不見，你改了行了。」魏端本站起來笑道：「李老闆我不是改行，我是受罰。我不肯安分守己，站在自己的崗位上工作，好好地要作黃金夢。你想，假如這黃金夢是我們這樣普普通通的人，都可以實現的，那些富戶豪門他都幹什麼去了。作黃金買賣可以發財，那些富產豪門，他早就一口吞了。不是我吃不到葡萄，我就說葡萄是酸的。除非那些富戶豪門，他要利用大家搶購黃金，好得一筆更大的油水。不然的話，大魚吃小魚，他們在不久的將來，一定要把這些作黃金的人吃下去。縱然不吃下去，他也會在每人身上咬一口。」他說著話時，那黃瘦的面孔上繃得緊緊的，非常的興奮。

李步祥看他這個樣子，好像是得著了什麼新鮮消息，就走近了前，扯著他衣襟，低聲問道：「魏先生，你得了什麼新聞嗎？」他道：「我並沒有得什麼新聞，不過我不想發財了，我的腦筋就清楚過來。憑我多年在重慶觀察的經驗，我就想著辦財政的人，開天闢地以來，就沒有作過便宜老百姓的事。」

他這樣地說著，倒給予了范寶華一個啟迪。這的確是事實。把握財權的人，都是大魚吃小魚，誰肯把自己可以得的便宜，去讓給老百姓。范寶華便點頭道：「魏先生這樣自食其力，自然是好事。本錢怎麼樣，還可以周轉得過來？」他將手向地攤上指了兩指，笑道：「這些爛紙，還談得上什麼本錢？要有本錢，我也不擺地攤了。」

范寶華笑道：「要不要我們湊點股子呢？」魏端本對於這句問話，大為驚異，心想：他為什麼突然有這個好感。於是對他臉上很快地看了一眼。見他面色平常，並沒有什麼奇異之處，這就點了頭道：「謝謝，我湊乎著過這個討飯的日子吧。我因為小孩子病了，不能不在家裡看守著。假使我能抽出身子在外面多跑跑的話，找到幾個川資，我就帶著孩子離開重慶了。」

李步祥道：「魏先生幾個孩子？」他嘆了口氣道：「兩個孩子，太小了。女的五歲，男的三歲不到。偏是最小的孩子病了，時時刻刻地我得伺候他的茶水。」李步祥道：「找了醫生看沒有？」魏端本道：「大概是四川的流行病，打擺子。我買點奎寧粉給他吃吃，昨天有些轉機了。現時睡在床上休息。」

李步祥道：「我倒有個熟醫生，是小兒科，魏先生若是願意找醫生看看的話，我可以介紹。」魏端本道：「謝謝李老闆。我想他明天也許好了。」他口裡雖是這樣拒絕著的，臉上倒是充分表示了感激的意思。

李步祥是比較知道他的家務情形。望了他道：「魏先生，我有點事情和你商量，到你屋子裡去談幾句，可以嗎？」魏端本道：「可以的，我得去請人給我看攤子。」范寶華笑道：「你請便吧。我在這冷酒店外面桌子上來二兩白酒，可以代勞一下。」魏端本又向他道著謝，才帶了李步祥走到屋子裡去。

他外面那間屋子，已經是用不著了，將一把鎖鎖了，引著客到裡面屋子來，客人一進門，就感到有一種淒涼的滋味，撲上人的心頭。靠牆壁的一張五屜櫃零落的堆著化妝品的罐子和盒子，還配上了兩個破碗。桌子裡面，放了一把尺長的鏡子，鏡架子也壞了，用幾根繩子架花的拴縛著，鏡子面，厚厚的蒙了一層灰塵。正中這張方桌子，也亂放著飯碗筷子，瓦鉢子，還有那沒蓋的茶壺，盛了大半壺白水。大女孩子手上拿了半個燒餅，趴在床沿上睡著了。上身雖穿了一件半舊的女童裝，下面可赤了兩隻腳。滿頭頭髮，紛披著把耳朵都蓋上了，看不到孩子是怎樣睡著的。一張大綳子床，鋪了灰色的棉絮。一個黃瘦的男孩子，將一床青花布的棉被角，蓋了下半截，上身穿件小青布童裝，袖子上各撕破了兩塊。臉尖成了雷公模型，頭枕在一件折疊的舊棉襖上，眼睛是半開半閉的睡著。那床對面朝外的窗戶，大部分是掩閉著的，所有格子上的玻璃，六塊破了五塊，空格子都用土報紙給遮蓋了，屋子裡陰暗暗的。在光線不充分的屋子裡，更顯著這床上兩個無主的孩子，十分可憐。

魏端本看到客人進屋以後，也有點退縮不前，就知道這屋子給人的印象不佳，這就嘆口氣道：「我這麼個家，引著來賓到屋子裡來，我是慚愧的。請坐吧，我是連待客的茶菸都沒有的。」他說著話，在桌子下拖出一張方凳子來，又在屋子角落裡搬出個凳子在桌子前放著。

李步祥看到他遇事都是不方便的，這也就不必在這裡放出來賓的樣子了，拱拱手向主人道：「我也可以說是多事。不過陶太太託了我，我若不給你一個回信，倒是怪不好的。我也是無意中遇到她的，以前我在陶太太那裡見過，也許她還不認識我呢。」他說著，繞了一個大彎子，還沒有歸到本題，說時，臉上不住的排出強笑來，而且還伸著於撫摸頭髮，那一份窘態是可想到他心裡很怕說的。

魏端本笑道：「李老闆不說，我也明白了。你是說陶太太托你去找孩子的母親，你已經把她找到了？」李步祥笑道：「是的。我也不是找她，不過偶然碰著她罷了。她現在很好。不過也不大好。一個人，孩子總是要的啊！」魏端本笑道：「我完全明白了。她不要孩子算了。有老子的孩子，那絕不會要娘來養活他們。李先生這番熱心，那我很是感激的。不過我並沒有這意思，希望她回來養這個孩子。我若是那樣，也就太沒有志氣了。多謝多謝！」說著，他既拱手，又點頭。

這麼一來，倒弄得李步祥不能再說一個字了，只有向魏端本作了同情的態度，點了頭道：「魏先生這話是很公正的，我們非常的佩服。我姓李的沒有什麼長處，若說跑路，不論多遠，我都可以辦到，魏先生有什麼要我跑路的事，只管對我說，我一定去辦，那我打攪了。」說著，他也就只好向外走。

他們這一說話，把床上那個孩子就驚醒了。魏端本道：「孩子，你喝口水吧！」他道：「我不喝水，我要吃柑。」魏端本道：「現在到了夏天，廣柑已經賣到五百塊錢一個。一天吃六七個廣柑，你這個擺攤子的爸爸，怎麼供養得起？」李步祥站在門外，把這話自聽到了。

隨後魏端本出來，他和范寶華告辭，在路上就把屋子裡面的情形告訴了他。范寶華笑道：「沒有錢娶漂亮老婆，那是最危險不過的事。他現在把那個姓田的女人拋開了，那是他的運氣。」李步祥道：「那個生病的孩子沒有娘，實在可憐。我想做點好事，買幾個廣柑送給那孩子吃。你到銀行裡去拿儲蓄券吧，吃了午飯，我到你公館裡去。」范寶華笑道：「你發了善心，一定有好報，你去辦吧。」

李步祥卻是心口如一，他立刻買了六只廣柑，重新奔回那冷酒店。這時，那個為黃金發瘋了的余進取，又到了那店外馬路邊上站著。老遠的就聽到他大聲笑道：「我是一萬五買的期貨，買了金磚十二塊。現在金價七萬五，我一兩，整賺六萬。有人要金磚不要？這塊整八十兩，我九折出賣。好機會，不可失掉。」他兩手各拿了一塊青磚，高高舉起，過了頭頂，引得街上看熱鬧的人，哈哈大笑，魏端本也就被圍在那些看熱鬧的人圈子裡。

李步祥想著，這倒很好，免得當了魏先生的面送去，讓魏先生難為情。於是把廣柑揣在身上悄悄地由冷酒店裡溜到那間黯淡的房子裡去。那個男孩子在床上睡著，流了滿臉的眼淚，口裡不住地哼著，我要吃廣柑。那個女孩子已不趴在床沿上睡了。她靠了床欄杆站著，也是窸窸窣窣地哭。同時，她提起光腿子來，把手去抓著，有幾道血痕向下流著。

李步祥趕快在身上掏出廣柑來，各給一個。問女孩子道：「你那腿，怎麼回事？」她拿著廣柑擦了眼睛道：「蚊子咬的，爸爸也不來看看我。」說著，咧了嘴又哭起來了。李步祥道：「不要哭，你爸爸就來的。」說著，又給了她一個廣柑。那孩子兩手都拿了廣柑，左右開弓地拿著看看，這就不哭了。床上那個男孩子更是不客氣，已把廣柑兒的皮剝了，將廣柑瓤不分辦地向口裡亂塞了去。

李步祥對於這兩個孩子的動作不但是不譏笑他們，倒是更引起了同情心，便把買來的廣柑，都放在床頭邊，因道：「小朋友，我把廣柑都給你留下來了，可是你慢慢地吃。下午我再來看你。若是我來看你的時候你還有廣柑，我就給你再買。若是沒有了，我就不給你再買了。」小渝兒聽說，點了兩點頭道：「我留著的。」他一面說，一面將廣柑拿了過去，全在懷裡抱著。

李步祥道：「你還想什麼嗎？」他這樣說，心裡便猜想著，一定是想糖子想餅乾。可是他答覆的不是吃的，他說我想媽。李步祥只覺心裡頭被東西撞了一下。看看孩子在床上躺著，黃瘦的臉睜了兩隻淚水未乾的眼睛，覺得實在可憐。雖然對了這兩個小孩子，也被他窘倒了，而說不出一句適當的話來，他正是這樣怔怔地站著，窗子外面，忽然發生一種奇怪的聲音，哇的一聲像哭了似的。李步祥聽了這聲音，很是詫異，趕快打開窗戶來向外看去。

魏端本住的這間屋子是吊樓較矮的一層樓，下面是座土堆，在人家的後院子裡，由上臨下，只是一丈多高，他向下看時，乃是方桌子上擺了一架梯子，那梯子就搭在這窗子口。有個女人，剛由梯子上溜下去，踏到了桌子面上了。她似乎聽到吊樓上開窗子響，扭轉了身由桌子上向地面一跳。

李步祥雖看不到她的臉，但在那衣服的背影上，可以看出來那是魏太太，立刻伏在窗臺上，低聲叫道：「魏太太，你不要走，你的孩子正想著你啦。」她也不回轉頭來，只是向前走著。不過對李步祥這種招呼，倒不肯不理，只是抬起嫩白的手，在半空中亂招擺著。她這擺手的姿勢裡，當然含著一個不字。不知她說的不，是不來呢，或者是不要聲張？李步祥不知道人家的意思如何，自然不敢聲張，可又不願眼睜睜望了她走去，只好抬起一隻手來，向她連連地亂招著。可是魏太太始終是不抬頭，徑直的向前走。她走進人家的屋子門，身子是掩藏到門裡去了，卻還伸出一隻手來，向這吊樓的窗戶，連連地搖擺了幾下，李步祥這就證明了那絕對是已下堂的魏太太。左右鄰居，少不了都是熟人，她知道孩子病了，偷著到窗戶外面看看，這總算她還沒有失去人性。

他呆站了一會，見床上那個男孩和床面前站的這個女孩，都拿著廣柑在盤弄，這就向他們點個頭道：「乖孩子，好好地在家裡休息著。你爸爸若是問你廣柑由哪裡來的，你就說是個胖子送來的。我放著一張名片在這鏡子上，你爸爸自會看到這名片。」他真的放了一張名片在那捆縛鏡子的繩圈裡，就放輕著腳步走出去了。

他走開這冷酒店的時候，首先把臉掉過去，不讓魏端本看到。走不多路，就遇到了那位為黃金而發瘋的余進取。他沒有拿傳單，也沒有拿青磚，兩手捧了一張報在看，口裡唸唸有詞。因為他在馬路邊的人行道上走，不斷地和來往的人相撞。他碰到了人，就站住了腳向人家看上一眼，然後翻了眼向人家道：「喂！你看到報上登的黃金消息沒有？又要提高。每兩金子，官價要提高到八十萬，你若是現在三萬五買一兩金子，就可以賺七十六萬五，好買賣呀。我沒有神經病，算盤打得清清楚楚。現在做個小公務員，怎麼能夠活下去，一定要作一點投機生意才好。我很有經驗，中央銀行中國農民銀行都要請我去作顧問。買黃金期貨到農民銀行去買，作黃金儲蓄，到中央銀行去作，你以為我不曉得作黃金生意？帶了鋪蓋行李，到銀行門口去排班，那是個傻事。我有辦法，無論要多少金子，我打兩個電話就行了。這是祕密，你們可不要把話胡亂對人說呀……這些事情，作乾淨了，發幾千萬元的財，就像撿瓦片那樣容易。作得不乾淨呢，十萬塊錢的小事，你也免不了吃官司。」他說著話時，順手就把最接近他的一個路人抓住，笑嘻嘻地對人家說著。

街上看熱鬧的人，又在他後面跟上了一大群。他越看到人家圍著他，越是愛說。小孩子們起鬨，叫他把金子拿出來看。他那灰布中山服的四個口袋，都是裝得滿滿的，由胸面前鼓了起來。走一步，四個頂起來的袋子就晃蕩著一下。他聽到人家問他金子，他就在四個口袋裡陸續地取出大小石塊來，舉著向人表示一下，笑嘻嘻道地：「這是十兩的，這是十五兩的，這是二十兩的，這是五十兩的。」他給人看完了，依然送回到口袋裡去。

李步祥看他所拿的那些大小石頭，有不少是帶著黑色的。他也是毫無顧忌的，只管向口袋裡揣著。不免向他皺了兩皺眉，又搖搖頭。偏是這位瘋人就看到了他的表情，迎向前笑道：「你不相信我的話，那你活該倒楣，發不了財。你像魏端本那個人一樣，只有擺攤子的命。」李步祥聽到他口裡說出魏端本來，倒是替這可憐人捏一把汗，瘋子亂說，又要給人家添上新聞材料了。這時，身後有人輕輕地叫了一聲李老闆，而且覺得袖口被人牽動著。

回頭看時，魏太太站在身後，臉子冷冷的，向他點了個頭。可是看她兩眼圈紅紅的，還沒有把淚容糾正過來呢。李步祥輕輕哦了一聲，問道：「田小姐，你有什麼話要和我說的嗎？」魏太太道：「我的事不能瞞你，但是你總可以原諒我，我是出於不得已。多謝你，你給我兩個孩子送東西去吃，以後還多請你關照。」說著，她打開手上的提包，在裡面取出兩疊鈔票來，勉強地帶了笑容道：「請你好人作到底，給那兩個孩子多買點吃的送了去。」

李步祥接過她的鈔票，點了頭道：「這件事，我可以和你做。不過我勸你回去的好，你千不看、萬不看，看你兩個孩子。」她連連地搖著頭，道：「孩子姓魏，又不姓田，我豈能為這孩子，犧牲我一輩子的幸福？我多給孩子幾個錢花也就很對得住他們了。」

李步祥道：「不過我看你心裡，也是捨不得這兩個孩子的。你不是還去偷偷地看過他們嗎？」魏太太道：「我又後悔了，丟開了就丟開了吧，又去看什麼呢？有了你這樣熱心的人，我更放心了。」

李步祥心想：這是什麼話？我管得著你這兩個孩子嗎？兩個人原是走著路說話的。他心裡一猶豫，腳步遲了，魏太太就走過去好幾步了。李步祥正是想追上去再和她說幾句，卻有一輛人力車子也向魏太太追了去。車子上坐著一個摩登太太，向她亂招著手，連叫了田小姐。隨著，也就下了車了。兩人站在路邊，笑嘻嘻地談話。

李步祥見魏太太剛才那副愁容，完全都拋除了，眉飛色舞地和那摩登女子說話，他就故意走近她們之後，慢慢地移著步子，聽她們說些什麼。魏太太正說著：「晚上跳舞，我準來。白天這場唆哈，我不加入吧？我怕四奶奶找我。」那個女子笑道：「只三小時，放你回去吃飯。沒有你，場面不熱鬧，走吧。你預備四五十萬元輸就夠了。」說著，挽了魏太太手臂一同走去。李步祥自言自語道地：「這傢伙還是這樣的往下幹。魏端本不要她也好。唉！女人女人！」

第五回　滾雪球

人類雖然是自私的，但有那事不干己的批評，卻能維持正義感。李步祥對於魏太太的看法，他這番自言自語，引起了一個同調，有人在身後接話道：「是這個樣子，我也就不必去再找她了。」李步祥回頭看時，正是陶太太。她帶了個穿學生制服的男孩子，將一隻布包袱，包了許多條紙菸，在身上背著。他跟在後面，手提了一隻籃子，也裝了許多紙菸。

步祥道：「陶太太真忙，我老是看到你運貨。」她嘆了口氣道：「有什麼法子，不是兩餐飯太要緊了嗎？我原來是在城裡擺攤子，這利息太少。我現在跑這一點，到南岸龍門浩渡口上去擺攤子，晚上就回來，再擺兩三小時。今天為了魏太太的事，我忙了一天，總算有點成績，魏太太居然答應了來看看孩子。她是託人悄悄地告訴我的，希望不要讓一個人知道。她偷著看孩子一眼，我想人心都是肉做的，看到了自己的孩子，一定會回心轉意，不想她看過之後，絲毫也不動心，這種人，心腸是鐵打的。我若也像她這樣，不管孩子，我又何必吃這些苦呢？把孩子丟開，我一個人管一個人還會餓死嗎？李先生，哪天你得閒，我願和你請教，我也想跑跑百貨市場。」

李步祥提到他內行的事，精神就來了，將頭連連地搖上了一陣，連說道：「不行了，不行了，不是時候了。將來海口打通，外國貨什麼都可以來，物價就要大垮，現在重慶市上囤積的百貨，若是不向內地去分銷的話，十年也用不了。現在德國快打垮？將來大家全力去打日本，這還有什麼問題。不出一年，日本鬼子就要退出中國，誰肯把百貨還留在手裡呢？所以兩個月來，只有百貨漲不上去。你還走上這條路幹什麼？我非常之贊成你這番奮鬥精神，我得和你出點主意。你什麼時候在家呢？」陶太太道：「我簡直不能在家了。你若有工夫，晚上可以到精神堡壘那裡去找我，我總在那裡擺攤子的。我初擺菸攤子的時候，總怕人家見笑，藏藏躲躲。那怎麼能作生意呢？後來一想，這不過是窮了，有什麼怕見人。我索性就到最熱鬧的地方擺攤了。」

李步祥嘆了口氣道：「世界上就是這樣不公道，像你這樣刻苦奮鬥的人，會有人笑，像魏太太那樣好賭胡鬧的人，到處有人叫她田小姐。」陶太太低聲笑道：「我們不要在街上道論人家，改日見吧。」於是她跟著孩子走了。

李步祥對她這些舉動，都覺得不錯。心裡更留下了一個絕對幫忙的意思。幫人家的忙，要有力有錢，這又讓她想到了金子生意了。於是挑選好了目的地，走向范寶華家去。這是他的熟路，見大門敞著就徑直地向裡走。

在天井裡先就聽到吳嫂一陣笑聲。她道：「這是主人家的地方，主人家答應了，我有啥子話說？你們買金元寶，買金條，我啃一點元寶邊就要得。」這就聽到另一個人說：「假如能打得二十萬的頭錢，我除了五萬元的開銷，還落十五萬，我決計分一半給你，就算七萬，也可以儲蓄二兩黃金。馬上黃金官價提高，算他變成五萬吧。這七萬就賺了三萬，過了半年，你怕黃金黑市不會超過十萬，七萬就雙成了二十萬，那個時候，你把儲蓄券兌了現金在手，變成錢，也好置許多東西，就是不變成錢，貼點工資，你可以打兩副金鐲戴，你看這不是很風光的事嗎？」

最後這兩句話，吳嫂最是聽得進，彷彿兩隻手臂上就都戴了金鐲子，不免對自己的手臂看了一看，由嗓子眼裡格格地笑出來。她說：「我怕沒得勒個福氣，做大娘的戴鐲子，硬是少見咯。」那人又說：「這年頭兒，什麼都變了。大娘作太太的，我就看到好幾位，戴金鐲子算什麼。」

吳嫂說：「有是有咯，也是各人的命。」李步祥聽著，心想：這是誰，真能迎合著吳嫂的心事說話。伸頭看時，一位穿西服的小夥子，站在客堂裡和吳嫂說話。

當年重慶市上要表示場面，必得穿套西裝。尤其作生意買賣發了財的人，和在商界裡當小職員的人，不吃飯，也置得一套西裝。同時，在抗戰前經常穿西服的人，無非是公教人員，如今在鄉下住著草房，吃著平價的黃色而有稗子的米，這西裝又有何用，賣一套西裝，可以維持一個月生活，又都把西裝送到名為拍賣行的舊貨店裡去寄賣。這種西裝，總有半舊，樣子也是老的。買去穿的人，無論長短肥瘦，總不能和身體適合。尤其是兩隻肩膀的地方，不是多出來一塊，就是縮進去一截。這位小夥子穿的，也就是這個樣子。說話帶著很濃厚的下江口音，可以知道他是一位生意人。

李步祥還沒有說話，吳嫂已經看到了他，便點頭道：「進來嗎，先生在樓上。」李步祥走進屋去時，那小夥子看他不過是穿了一套青色粗布的中山服，就沒有怎樣地理他，自坐下去掏出紙菸來吸。

李步祥昂起頭來，向樓上叫了兩聲老范。范寶華應聲下來，向他笑道：「成功了，人家辦得是特別加快，已經把儲蓄單子拿來了。你的五兩在這裡。」說著在身上掏出一張黃金儲蓄券遞到他手上。

李步祥接著過來一看，果然不錯。深深地點了個頭，說著謝謝。范寶華道：「你謝我幹什麼，你得謝那位誠實銀行的賈經理。你只看他把款子送到銀行裡去兩小時，就把儲蓄單子拿了出來，這一份能力，決非偶然。」他這麼一說，那個穿西服的小夥子，感到了很大的興趣，站起來伸著頭問道：「范先生，有這樣快的手續嗎？普通作黃金儲蓄的，都是第一天交上款子去，銀行裡交給你一塊銅牌子取儲蓄單子。這還是上午去辦。若是下午去辦，還得遲延一天。」

范寶華望了他笑道：「讓你又學得了一個乖。你有多少錢呢？我可以和你去存。」李步祥見老范對他不怎麼禮貌，也就向他注意著看了一下。范寶華笑道：「老李，你不認得他。他是榮長公司的學徒，黃經理很相信他。他昨天邀了一場頭，打了十多萬頭錢，這傢伙是得著甜頭了。今晚上又要借我的地方，給他打一場撲克，你來湊一腳好不好？」

李步祥看了那小子兩眼，臉上帶了三分微笑，那意思是說，原來你是個學徒。便笑道：「我湊一腳，也配嗎？」范寶華笑道：「你不要以為他穿西服，你穿破中山服就不如他。這小子財迷腦殼，居然想得了個法子，運動我的女管家，約法三章抽得了頭錢，除了開支，二一添作五，對半分。他也姓吳，和我們吳嫂拜乾兄妹。」這麼說著，把那小夥子羞成一張大紅臉。

范寶華抓了李步祥的手道：「你和我上樓來說話吧。」李步祥跟著他上樓，范寶華笑道：「黃金官價，的確要變，有賈經理這條路子，今日交款，今日就可以取得儲蓄單，太便利了。我家裡還有二百多兩的單子，不妨再倒一下把，拿去抵押三四百萬，還可買進一百多兩，官價一提升，我賣掉一百兩的單子就可以還二百兩的債。現在押在銀行裡的單子和家裡所有的單子，約莫是三千五百五十兩。我真正掏出去的本錢，不過是四千多萬，就照現在的官價來合計，我那些金子，已值一億一千萬了。這都是買了就押，押了再買，再買再押，再押再買，用滾雪球的辦法，滾起來的，我通盤算了一下，我大概，欠銀行四千多萬的債，黃金官價提高，一千兩金子，就值五千萬，也許還多些。我統共拿出去四千多萬法幣，我套進了兩千多兩金子，不必等半年，一兌現，我就是萬萬富翁了。」說著，伸手拍了兩拍李步祥的肩膀，笑道：「老李，我有沒有辦法？我為什麼把這些實話告訴你呢？我看你這人很忠實，也很勤快。我發了財打算勝利以後到南京去開一爿綢緞百貨莊，要你給我當經理。你看好不好？」他說著，眉飛色舞，翹起嘴角不住的微笑。

李步祥聽了他這個報告，也是替他歡喜，伸了手只管摸頭髮。笑道：「老兄真有辦法。不過我的意思，還是穩紮穩打的好，不要把黃金儲蓄券都押到銀行裡去。」老范笑道：「我原來也是這個想法。不過我既然採用了滾雪球的戰術，我就索性作個徹底。誠實銀行的老賈，他也說我這個辦法對。黃金儲蓄是國家辦的，越是勝利在望，國家越要顧全信用，到期的黃金，一定要兌給老百姓的。第二層，官價和黑市相差得這樣遠，政府只有兩個法子來挽救，不是提高官價，就是停止黃金儲蓄。不管他走哪條路，現在八萬多的黑市價，一定可以保持。若是停止黃金儲蓄的話，黑市也許會再漲。那麼，我押在銀行裡的儲蓄券，照分兩計算，我就沒有押到二萬一兩，只要我不把日子拖長，連本帶利，我買一兩黃金儲蓄券，就可以還二兩押款。這是十拿九穩的事，我還有什麼顧慮。你想，我這看法，還有什麼漏洞不成嗎。」

李步祥昂頭想了一想，笑道：「倒沒什麼漏洞。」范寶華笑道：「好了，就是這樣辦，我有三千多兩金子這件事，你得和我保守祕密，尤其是在袁小姐那方面你不可以和我透露個字。她要知道我有這麼些個錢，又要敲我的竹槓了。你到我這裡來，有什麼事？」

李步祥道：「陶伯笙和我們都是朋友。他太太現在作香菸販子，生活非常的苦。我想著，大家幫點忙，給她湊點資本，你的意思如何？」范寶華道：「可以的，我給她邀一場賭。」李步祥搖搖頭道：「不好！你范老闆，可以說是渾身的道法，何必又在賭上出主意。陶家弄成這個樣子，就是邀頭的結果。」范寶華道：「我明天把這筆黃金買賣作完了，我就提筆款子，加入她香菸的股本吧，賺了錢，她還我，給我兩盒紙菸算紅利。不賺錢，股本算我白送。」

李步祥道：「那太好了，你打算加入多少資本？」范寶華隨便地答道：「兩三萬吧，」李步祥拱了兩拱手道：「你留著唆哈一陣牌吧。」范寶華笑道：「我就不願意和你說實話，說了實話你就要把我當財神了。」

李步祥笑道：「你和那個小徒弟一次二次幫幾十萬的忙，到了自己的朋友，你就只給兩三萬，這不是太說不過去了嗎？」范寶華笑道：「姓吳的這個孩子，有點兒只重衣衫不重人，你賭口氣，回頭也湊上一腳，他立刻就要捧你了。」

李步祥道：「你預備滾雪球，我們往小處說，搓搓藿香丸子也是好的。我也得把這五兩定單和箱子裡的八兩定單，找條出路去。若是押得到十兩金子現鈔的話，我十三兩黃金，也就變成了二十三兩的虛數，等黃金官價漲了，賣掉七兩，可以還十兩的債，那我至少十二兩，變成十六兩。經營得好，也許可以變成十七八兩。有財喜不撈，我來賭錢嗎？」范寶華笑道：「你現在也想明白了這個滾雪球的訣竅了。好吧，你回去想法子變錢吧。若是變不出錢來，明天九、十點鐘到誠實銀行去找我，我也可以托賈經理和你辦點小押款。」

李步祥越想找錢的辦法，越是有趣，在范家就坐不住，立刻下樓。在客堂裡，見吳嫂又在和那小夥子計議賭局，就笑道：「吳嫂，你忙著抽頭幹什麼？你要買金子，范先生有的是辦法。」范寶華在後面跟著來了，笑道：「你又打算瞎說了。我罰你請我吃晚飯。」他說著話，只管跟了李步祥走。姓吳的小夥子，就向前扯著他的衣服道：「范先生，你不要走，還幫我這個忙，湊成今晚上這個局面吧。」范寶華向李步祥的後影指了兩下，然後將手掩了半邊嘴，低聲向他笑道：「這位李先生，今天晚上要和人家簽訂合約，訂人家一片綢緞莊。辦上一桌頂好的喜酒，答謝讓盤的主兒和中人，他是我們朋友裡面的大亨，我可不敢得罪他。」

小夥子道：「真的？」范寶華道：「他和你們經理都拜過把子，怎麼不真？你若能邀他也來賭一腳，我就不走。」小夥子見范寶華說得很是詭祕，又親自見他交了一張黃金儲蓄券給他，料著這事沒有錯，就很快地追出大門口來，見李步祥還站在巷子裡等候，便跑到他面前，深深點了個頭賠了笑臉道：「師叔，范師叔請你回去說話。」李步祥聽此稱呼，大為驚異，望了他不知道怎樣的答覆。他又笑道：「今天師叔辦喜酒，作晚生的願意沾沾師叔的喜氣。」

他的話還沒有交代完畢，范寶華在後面跟著出來，揮了手道：「和你開玩笑的。掛了球了，快走吧。」李步祥最怕警報，掛球是警報的先聲，他聽了這個消息，什麼都不管，掉頭就跑。范寶華還是哈哈大笑。

吳家那小夥子對於他這作風，倒有些莫名其妙，只有翻了兩眼望著他。范寶華笑道：「你猜這位姓李的是幹什麼的？他是二把手一個廚子，你叫他師叔，你學過廚子嗎？」小夥子紅了臉道：「范先生不是說他是要承頂人家的綢緞百貨莊嗎？」范寶華笑道：「他到底是幹什麼的，我不告訴你，大概你和吳嫂可以拜兄妹，也就可以向他叫師叔了。」

那小夥子雖知道這是范先生戲弄他，可不敢怎樣反駁，因笑道：「只求范先生今晚上把這場賭湊成，你說我什麼都行。」范寶華道：「你們經理說是你太太分娩，等著要錢用，真的嗎？你說實話。」

吳小夥子看看吳嫂，又看看主人，紅了臉笑道：「我想買點黃金儲蓄。」范寶華笑道：「總算你肯說實話。不過我今晚上不能賭錢，我得在家裡細細地算一算晚上的帳，老弟臺，我和你一樣，犯了愛金子的毛病，明天我得跑一上午，跑出這筆金子來。明天金子到了手，我就精神抖擻了，那時，沒有人邀頭，我也要賭錢的。你可以改期明天嗎？」

吳小夥子先是皺了眉頭子，然後微笑道：「范師叔，你看這事，就是這麼一點討厭。不知道黃金漲價是哪一天。若是明天不買，後來漲了價，那就沒有意思了。」范寶華坐到籐椅上，架起腿來吸紙菸，斜著眼向他看看，又向吳嫂看看。笑道：「我倒有變通辦法。你大概需要多少錢，先和我們吳嫂藉著用一兩天，然後我和你打一場唆哈，抽得頭錢還她。」

吳嫂搖搖頭道：「我一個當大娘的人，叫我放債把穿洋裝的先生，硬是笑人。」范寶華笑道：「你怎麼說這話，他不是和你認本家嗎？」吳嫂道：「那是別個說得好耍的嗎。」范寶華道：「姓吳的小娃兒，人家不和你沾親帶故，那是不會幫你的忙的。你說和她認本家，是不是拿她開玩笑？你若是拿她開玩笑，不但她不願意，我也不願意，那就什麼都談不上了。」

他看了看范寶華的顏色，真的還有幾分嚴重的樣子，這就帶了笑容道：「我們本來都姓吳嗎。」范寶華向吳嫂笑道：「人家西裝穿得這樣漂亮，和你認本家兄妹，還有什麼對不起你的。」吳嫂笑道：「啥子本家兄妹，我二十三，他二十二。」范寶華道：「那你是姊姊了。你得幫你兄弟一個忙，借給他幾萬塊錢，二天我負責還你。」吳嫂對那小夥子看看，只是微笑。范寶華笑道：「要不要買金子？要買金子，趕快認親戚。吳嫂這個樣子，分明說你沒有誠心。你不叫她一聲姊姊，這個忙我幫不成了。」

那小夥子站在兩人面前，不敢拒絕，又不好意思叫出來，只好捧著拳頭連連作了兩個揖笑道：「請多幫忙吧。」范寶華道：「不行，你請誰幫忙，沒有交代出來。」那小夥子笑道：「請我們本家大姊幫忙呀。」范寶華操了川語問吳嫂道：「要得這聲大姊，就值幾萬咯。」吳嫂點了頭道：「就是就是。要借幾萬？」范寶華道：「你借給他十萬吧，他可以走三兩黃金儲蓄。五天之內，我負責還你。」吳嫂向小夥子笑道：「你耍一下，我去拿錢。」說著，她真上樓取錢去了。

那小夥子弄成了一張通紅的臉，只有傻笑。吳嫂的手上，倒還是相當的便利，不到五分鐘，她就拿了一大疊鈔票來，兩手捧著交給那小夥子，笑道：「我是個窮姊姊，幫不到好大個忙。拿去一本萬利。」那小夥子雖然不好意思，但是鈔票交過來了，他也不能不接，只是點著頭連說謝謝。他的目的已經達到了。認了個老媽子作姊姊，久在這裡，也沒多大的意思，說聲謝謝，扭身走了。

范寶華笑道：「吳嫂，你認了這麼一個兄弟，安逸不安逸？」她笑道：「啥子安逸，那是想借我的錢嗎，你怕我不曉得。」范寶華笑道：「你也知道，錢的力量多大吧？今晚讓我在樓上算一夜的帳，你不要攪我。」吳嫂翻了大眼，向他笑道：「哪個攪你嗎？」范寶華哈哈大笑。他說了卻真是這樣的做了，吃過晚飯，他在樓上掩著房門，算了大半夜的帳。吳嫂只是送了幾回茶水。照例要問明天吃啥菜的話，都免除了。

次日早上，他用皮包裝著支票簿黃金儲蓄券圖章，就奔上誠實銀行。那位賈經理，銜了一支長桿旱菸袋，這時，正仰臥在睡椅上，睜眼望了天花板，他架起腿來，將身穿的那件藍布在褂，抖得周身顫動，似乎想心事正想出了神。范寶華走到經理室裡就笑嘻嘻道地：「賈經理，我又找你來了。」賈經理坐了起來，笑道：「黃金官價，今天還沒有提升，你還得滾一回雪球。」

范寶華笑道：「我是受賈經理的勸告，再作一回。」說著，就挨著賈經理旁邊坐下。低聲笑道：「我還有二百四十多兩黃金儲蓄券，我想在你這裡押借八百萬。」賈經理不等他說完，聳了小鬍子向他笑道：「你都是兩萬一兩買進的吧，倒要在我這裡賺錢。」

范寶華笑道：「少借點我也行啦。」賈經理點點頭道：「錢我可以借給你。黃金儲蓄券，今天我可不能代辦。這兩天國行掐得很緊，上五十兩的，就押日子，而且我和朋友辦的也太多，樹大招風，我得休息休息。」

范寶華道：「我朋友那裡，倒有五十多兩現券，我嫌數目小，沒有買下。我押二百兩給你，你借我五百萬，我再把那五十多兩滾到手，二百兩的官價，現在也值七百萬，押五百萬，實在不算多。」賈經理笑道：「各有各的算法。照十五分利息算，一個月是七十五萬利息，兩個月就離七百萬不遠了。你三個月不還錢，我們就賠了。」

范寶華道：「黃金官價提到五六萬的日子你怕我不趕快還錢？」賈經理笑道：「范先生，你要辦，就趕快辦，明天星期六。到了星期一，也許黃金真有變化。那時候你出新價錢買，就太吃虧了。你不信，到國行門口去看看，作黃金儲蓄的人，今天又擠破了門。我幫你最後一個忙，你把二百四十兩都放下來我借你五百萬。這兩天滾黃金擠得頭寸緊極了。你不妨到別家去試試，恐怕二三百萬都調不動。」

范寶華沉靜地想了一想，跳起來道：「讓我叫個電話試試。」說著，他真的撥動了電話。他拿著電話道：「是田小姐嗎？請四奶奶說話，我姓范。對了，窮忙，改日奉訪。請四奶奶說話。」他奉著話機等了兩分鐘先笑著答應了。

他道：「並非我失信，因為沒有調到頭寸。現在有點辦法了，那五十兩可以出讓嗎？漲價？反正不能漲過官價三萬五吧？就是就是，我請客。滾雪球？這個名詞，四奶奶也曉得。不說笑話，我哪裡是想發財，不過現在沒什麼生意好做，只有走上這條路。好，回頭我帶款子來。好，不是現鈔，就是本票。再會。」他掛上了電話，向賈經理笑道：「居然又滾到五十兩。」

賈經理將兩個指頭摸了小鬍子，笑道：「你在電話裡叫的四奶奶，是不是出名的朱四奶奶？」范寶華點了兩點頭，賈經理兩手一拍，忘其所以，把口裡銜的旱菸袋都落到地下來了。

第六回　誰征服了誰

賈經理這個表示，范寶華也就認為十分驚異，向他望著問道：「賈先生對朱四奶奶的觀感怎麼樣？」賈經理彎下腰去，在地面上拾起旱菸袋來，笑道：「我對此公，聞名久矣。不知道究竟是怎麼個人物？」范寶華道：「並沒有什麼了不得。長圓的臉，有點兒瘻頭。左邊嘴上，長有一個小黑痣。此外，不過是化妝成一個摩登少婦而已。這有什麼了不起的嗎？」

賈經理笑著把小鬍子都閃動起來了。他搖搖手道：「不是你這個說法，我覺得她好像有一種特別的魔力，可以顛倒眾生。我倒要看看她這份魔力，是怎樣的施展出來的。」范寶華笑道：「你要見她，那是太容易了。賈經理有工夫，我陪著你到她家裡去拜訪一下，這事就解決了。這時她正在家，或者我打個電話給她，請她來拿錢。」

賈經理將旱菸袋送到口裡吸了兩下，笑道：「我真的還想領教嗎？說說罷了。我惹不起。」范寶華看看這屋子裡，除了一位襄理，還有一位銀行行員，賈經理縱然願意和朱四奶奶談談，當然他也不便說出來。這就向他笑道：「好奇的心理，人人有之，凡是一種特殊的人，大家總會想見見的。我是少不了要請她一次的，將來請你作陪吧。言歸正傳，我要借的那個數目，賈經理能不能答應。」

他又把旱菸袋在嘴裡默然地吸了兩口，笑道：「反正也就是這一次了。多次的忙，我都幫過你了。

這一次我不答應，也就把以前的人情，完全斷送。好吧，我借五百萬給你吧。開一張劃現的本票，可以嗎？」范寶華道：「朱四奶奶當然不要現鈔用，不過她也是轉交別人，你不必劃現了。」

賈經理笑道：「開一張朱四奶奶的抬頭票子吧。老兄，我幫你的忙，你也給我們拉拉存戶呀。」范寶華聽他這口音，就曉得他有意把朱四奶奶找了來看看。笑道：「好的，你隨便開什麼樣的本票都可以。我明天把她拉了來，親自和你接洽。她是個大手筆，作個兩三千萬的來往，還真不費事。」

賈經理聽說，滿臉帶了笑容，就和范老闆把五百萬的借款辦好，並依了他的要求，將這個數目，開成三張本票。老范借得了錢，又向朱四奶奶通了個電話，說明馬上就來，和賈經理握了握手，夾著皮包就走。

今天賈經理卻是特別的客氣，隨在後面，送到大門口來，笑嘻嘻道地：「你所說的話是真的嗎？」范寶華被他問著，先是愕然了一下，自己向他許過什麼願心呢？但在賈經理那副笑容上，立刻想到他說的是要見朱四奶奶，便笑道：「明天我準把她拉了來。」

賈經理笑道：「我也不過好奇而已，並無別故。」范寶華也只笑著說是是。在街上叫了一輛車子，向朱四奶奶家跑。馬路是不能通到她家的，有一截下坡路。他怕走著會耽誤了時間，在岩口上又換了小轎。到了朱公館門口，遠遠看到四奶奶伏在樓上窗戶口閒眺，這才鬆了口氣，覺得這五十兩黃金儲蓄券，是完全買到手了。

他下轎子的時候，四奶奶在窗戶裡就向他招了兩招手，那意思自然是讓他上樓去了。他到了樓上客室裡，朱四奶奶左手扶著門，右手扣著衣服的鈕扣。她身上披了一件淡黃色印紅綠花的長衫，還敞著下擺三四個鈕扣？光著兩條腿子踏了拖鞋。范寶華笑道：「這樣子，四奶奶還是剛起來呢。」她道：「起是起來一會兒了，昨天許多人在我這裡跳舞到天亮才散，我家裡還有兩位小姐睡著沒走呢。」

范寶華道：「是熟人嗎？」他不大經意的樣子問著。坐在沙發上，架起腿來吸紙菸。朱四奶奶坐在他對面椅子上，笑道：「有熟人又怎樣？現在你是一腦子的黃金，恐怕也沒有那閒情來跳舞吧？」范寶華搖搖頭道：「我是徒有其名，到處找頭寸，到處碰釘子，十兩八兩地湊點數目，就是買一個月不斷，又能買多少。人家大戶，開著支票，一來就是兩千兩，神不知，鬼不覺，和我們是天遠地隔。」

朱四奶奶望了他道：「錢帶來了嗎？」范寶華道：「當然帶來了。在四奶奶面前，還敢掉槍花嗎？」說著就打開皮包，將三張本票取出，雙手遞過來。朱四奶奶道：「這夠買一百四十多西的了，我沒有這些個儲蓄券。」范寶華笑道：「四奶奶有的是。我聽說一次唆哈，你就贏得了二十張黃金儲蓄券。」她笑著把鼻子哼了一聲，點點頭道：「也許之，可是四奶奶一次輸出一百多兩黃金，足有三十張儲蓄券，你就沒有聽到說過呢。你等著吧。」說著起身就走。那三張本票，她放在茶几上，並沒有拿著。

不到五分鐘，四奶奶手裡捧著小小的綠漆保險匣子出來。她將匣子放在茶几上，將蓋口上的對字鎖轉動著，鈴子在匣子響了一陣，她將蓋子打開，裡面先是一層內蓋，再揭開這層內蓋，露出裡面，並沒有別的，全是黃金儲蓄券。范寶華看到，不覺暗暗叫了一聲慚愧。想著這些儲蓄券，便是一兩一張，也夠二三百兩。這女人真有辦法。

四奶奶挑了三張黃金儲蓄券交到他手上，笑道：「這是六十兩。我收下你二百萬一張本票，就算兩清吧。其餘的款子你拿回去。我並不等二百萬元現款用，我猜你或者難買，讓六十兩給你。我是兩萬定的儲蓄。多少賺了一點錢，照官價三萬五算，你還差十萬零頭，不必找我了。」說著，她收下了一張二百萬元的本票，把其餘的交還給范寶華。

他笑道：「四奶奶原說有兩位小姐要出賣黃金儲蓄券，我以為是誰賭輸了拿這個還賭帳，原來是四奶奶的，我就不敢要了。」朱四奶奶已把保險盒子關上，拍了盒子蓋道：「東西放到這裡面去了，你以為就是釘下萬年樁的嗎？慢說是黃金儲蓄券，就是金子，也不能當飯吃當衣穿，餓了冷了總是要換掉的。」

范寶華笑道：「這個我當然知道。不過你也不會等著把這個換衣穿換飯吃，這是因為我找黃金儲蓄券，找得很忙，你故意讓六十兩給我的。」朱四奶奶站著本是要提了保險盒子走，這就半回轉身來，偏了頭，斜了眼珠向他望著，微笑道：「你懂得這一層就好了？大家是魚幫水，水幫魚，你有機會，也得和四奶奶效點勞才好。」說著，她提了盒子走了。

范寶華始終不解她表示如此的好意是為了什麼，也只有坐在這裡納悶。忽然門外有人嬌滴滴地叫著：「四奶奶，什麼時候了？我該回去了。」那是下江人，勉強地說著國語，聽起來，很是不自然。隨了這話，一個女子推門而進。

她蓬著滿頭很長的燙髮，將根紅辮帶子束了腦頂四周。兩片臉腮，脂粉抹得像蘋果的顏色一樣。尤其是兩道眉毛長而細，細而黑。眼圈子上簇擁著覆射線的長睫毛，身上穿件短袖子白綢襯衫，翻著領子向外，露出頸脖子下一塊白胸脯。兩個乳峰，頂得高高的。下面穿著藍羽毛紗西服長腳褲，攔腰束了一根紫色皮帶，下面赤腳穿了漏幫子高跟白皮鞋，十個腳指頭，全露在外面，每腳指甲上，都塗了蔻丹，這是戰時首都一九四五式最摩登的裝束。她雖是細長的個子，卻是肌肉飽滿，皮膚白嫩，簡直周身上下，無懈可擊。

范寶華的神經，隨了他的視線，一同緊張起來，驚訝著身子向上一站。那位女郎也就同樣的驚訝，輕輕地喲了二聲，自說著兩個字：「有客。」身子向後一縮。但是她要表示著大方，並沒有走，站在客室門邊，冷冷地問道：「是會四奶奶的嗎？」范寶華站起來道：「是的，我們已經會談過了。」那位小姐並不和他談話，自轉身走了。

她走了不上兩分鐘，朱四奶奶來了。范寶華笑道：「剛才有位小姐找你，她是誰？」朱四奶奶笑道：「漂亮嗎？」范寶華笑道：「像是一位明星。摩登之至！摩登之至！」四奶奶笑道：「總算你眼力不錯。這是東方曼麗小姐，你應該也聽到過她的大名。」范寶華笑道：「昨晚上她在這裡跳舞的嗎？」朱四奶奶笑道：「你忙著黃金儲蓄，你還有工夫跳舞嗎？」范寶華笑道：「我也不過是這樣隨便地問一聲罷了。」他說時，將頭歪倒在肩膀上，笑嘻嘻望了女主人。四奶奶帶笑著嘆了一口氣道：「唉！我給你介紹吧。」於是就大聲叫著曼麗。

曼麗來了。她笑道：「還叫我呢？我要回去了。」四奶奶指著范寶華道：「這是范先生，他對你久仰得很，讓我介紹介紹。」范寶華笑著，還沒有說話，曼麗就走向前來，伸出手來和他握手。范寶華雖是匆匆地和她握了一握，可是心裡立刻覺得舒服之至。他也找不出什麼好應酬名詞來，只管向她說著：「久仰久仰。」曼麗笑道：「不要客氣吧。我們都是常到四奶奶家裡來會面的熟人。」說著，她掉過頭來向四奶奶道：「我真要回去一趟，午飯不叨擾了。」說著，她向外走，四奶奶送了出去。

范寶華料著她由大門走，就伏在樓窗上看。他看了她的後影子，只管出神。房門推開了，身後一陣嘻嘻的笑聲，他回頭看時，朱四奶奶手扶了門框，向著范寶華點了兩點頭。范寶華道：「四奶奶笑什麼？長得好看的人，不是大家都愛看的嗎？」他說著話，和四奶奶又在沙發上坐下了。

朱四奶奶向他先斜瞟了一眼，然後笑道：「你想和曼麗交朋友嗎？」他搭訕著吸紙菸，笑道：「那當然哪。不過我看她那分排場，恐怕我這窮小子有點結交不上。」朱四奶奶笑道：「你客氣什麼。你手上那麼些個金子，拿出二三百兩來，什麼摩登女郎不會讓你打倒？」范寶華伸了一伸舌頭，笑著又搖了兩搖頭。

朱四奶奶笑道：「我介紹你們去作朋友，那是不成問題的，至於伺候女朋友的花費，那要看各人的交情，同時，也要看各人的個性，這是難說的。也許曼麗喜歡你，什麼錢都不要你花，天下事就是這樣，不能預料。」范寶華笑道：「我征服女人，沒那回事吧？不過你要老說錢的話，那可說得我們太小器了，而且也把曼麗小姐看輕了。」

朱四奶奶將嘴一撇，鼻子裡哼了一聲道：「這算你懂得女人。這件事我也不提了。我還是談我的吧，老范，你和萬利銀行的何經理很熟，他最近買金子栽了個大筋斗，你曉得嗎？」范寶華笑道：「怎麼不曉得？他現時在銀行界，弄得名譽很糟。」

朱四奶奶道：「雖然如此，可是他私人還很有錢，倒楣的是銀行的存戶而已。我有點事想和他談談，你能介紹我去見他嗎？」范寶華吸著紙菸，沉默地想了兩分鐘，笑道：「四奶奶若是要在銀行裡作什麼來往的話，何必找萬利銀行。凡是可靠的銀行，都可以辦。我現在作來往的那誠實銀行的賈經理，人就很好。我可以介紹你和他談談，而且他非常之仰慕你的。」

朱四奶奶聽到賈經理這名詞，先就嗤嗤地一笑，然後點點頭道：「這個人很有點名。」范寶華道：「這個人是票號出身，買賣做得穩當得很。」朱四奶奶將頭一擺道：「那麼一個小商業銀行，有什麼名不名的。我所說的，是關於他本人別的事情。」說到這裡，她又是嗤嗤的一笑。范寶華笑道：「怎麼提到了賈經理，四奶奶就要發笑，難道這裡面，還隱藏著什麼有趣的新聞嗎？」

四奶奶將眼珠望了他很靈活的一轉，笑道：「你要知道賈經理怎樣有名，我屋子裡有他姨太太一張相片，你不妨來看看。」說著，她站起身來就向范寶華招了招手。范寶華知道朱四奶奶這個人交起朋友來，無所謂男女的界限。她既這樣地招呼著，也就跟了她一路而去。

四奶奶在她自己那間又當書房，又當祕密客室的小屋子裡，和范寶華談了一小時，復又同到客室裡來。這就笑道：「老范，你若肯聽老大姐的話，你準可以發財。老實說，依照你這樣滾雪球辦法作黃金儲蓄，你就作到二三百條金子，又有什麼了不得？你想變成一個富翁，必得轟轟烈烈大幹一場。」范寶華坐在沙發上搖搖頭道：「四奶奶看得多，經過得多，敢說這種大話。兩三百條金子，我不但不敢小視它。老實說，我也很難達到這個程度。」

朱四奶奶道：「你要自暴自棄，我也沒有法子。我還談我的吧。你能不能依我的辦法進行。」說著，她由原坐的另一張沙發，移過身體來，和老范同坐在一張長沙發上，然後伸著手，輕輕拍了他兩下大腿，笑道：「你也不妨跟在我後面看看。你們男子，總以為金錢可以征服女人，但在朱四奶奶眼裡，那是女人征服金錢的。」范寶華點點頭笑道：「在你口裡說出這話來，我相信是正確的。現在還不到十二點鐘，老賈還沒有下班，我趕著到銀行裡去先和他談談，不過這樣的作風，是不是嫌著太急岔兒一點呢。」

朱四奶奶笑道：「在你四奶奶手上，不管什麼樣子的老奸巨猾，他都得翻筋斗。沒關係，你就去告訴老賈，我也是你這樣的辦法，要押掉黃金儲蓄券再滾著買新的。急於和他談談，不過我今天去先開戶頭。」范寶華笑道：「好吧，我試試。」說著，他就站起身來。

四奶奶向他招了兩招手，笑道：「真是重賞之下，必有勇夫，我白白地使喚你，那怎麼行？我總得肯舍一點。等著吧，小弟兄。」說著，她起身就向裡面去了。不到五分鐘，她又出來了。她手上拿了兩張黃金儲蓄券，向他面前的茶几上一扔，笑道：「這是九十兩，也是零數不計，就折合你那三百萬元吧。」范寶華笑道：「我又占四奶奶的便宜。」

朱四奶奶笑道：「占的便宜不大，你心裡明白就是了。」范寶華覺得她一百多兩黃金儲蓄券作兩次拿出來，那是大有手腕的。這也不敢多事猶疑，立刻就在皮包裡取出那兩張本票奉上。

朱四奶奶左手接了那本票，右手抬起來，將中指夾了大拇指，重重的一彈，笑道：「小兄弟呀，你被我征服了。我們兩個人的交涉完了。這就看你的了。」范寶華捧了拳頭，連連地拱著手道：「那是當然，那是當然。我馬上就走，就走就走。」說著，他真的走了。

他像來的時候那樣趕路，不到二十分鐘就到了誠實銀行。見了賈經理，將他拉到小會客室裡，談了十來分鐘，兩個人是笑容滿面的走回了經理室。他首先拿起電話機子來，就向朱四奶奶通了個電話。朱四奶奶是個聰明透頂的人，根本就在電話旁邊等著。

范寶華道：「我和賈經理說過了。他說不知道四奶奶要多少款子。數目太多的話，他得臨時去調動頭寸。所以哪，得讓我先和四奶奶通個電話。銀行裡的廚子，作的是北方菜，麵食很好，四奶奶可以到這裡來吃午飯嗎？那不要緊，我們可以等半小時。」他在這裡和朱四奶奶通電話，賈經理口銜了旱菸袋，正是注意地看著他。這就立刻接嘴道：「沒有關係，就多等一個鐘頭，那也不要緊。我是吃過早點的，晚點吃午飯，那絲毫沒有關係。」范寶華這就向電話裡報告著道：「四奶奶聽見了嗎？賈經理說了，就是等一個鐘頭也不要緊。好好！我們一定等著。」

他掛上了電話，回頭就向賈經理笑道：「經理先生，預備了什麼好菜？」他笑道：「當然要豐盛一點。叫廚子預備四個碟子一大碗鹵。」范寶華聽了這話，心裡涼了半截。問道：「四個碟子，那是什麼菜？」賈經理道：「兩葷兩素。葷的是醬牛肉和松花蛋，素的是油炸花生米，五香豆腐乾。」

范寶華看到經理室內並無外人，他不由得伸了一伸舌頭，笑著叫道：「我的經理，你這算是請朱四奶奶吃飯啦。趁早由我作個小東。」賈經理笑道：「你是南方人，不知道北方人的習慣。北方人吃麵是不要菜的。這樣辦，我覺得已經是十分豐盛了。」他說是這樣說了，可是他的臉皮已經紅了。

范寶華笑道：「真的，我來作這個東。」說著，就在身上掏出一疊鈔票來，笑道：「請你把廚子叫來，我讓他替我代辦兩萬元的酒菜。」賈經理笑道：「老兄，你這樣的作風，簡直是北方人所說，罵人不帶髒字。在我這裡招待來往戶，難道兩萬元的東我都作不起？」說著，打著桌上的叫人鈴，叫聽差把廚子叫了來，當了范寶華的面，吩咐著道：「你給我預備兩萬元的菜，中午就吃，你要當我正式請客那樣辦。先到庶務那裡去拿錢。越快越好。」廚子答應去了，賈經理就笑嘻嘻地表示了他一份得意。似乎他這手筆是非常之大的。

果然，他和老范說著閒話，不到半小時，聽差進來報告：「有一位朱太太……」賈經理不等他報告完畢，就站了起來道：「請請請，請到客廳裡坐。」他於是放下了手上的旱菸袋，就掏出藍布口袋裡的手絹擦了一把臉。他和老范走到會客室，朱四奶奶已經先在了。她穿了件黑綢印花紅桃點子的長衫，露出雪白的肥手臂，這已讓人感到黑白分明。而她兩隻閃亮的眼睛，烏眼珠子，在濃抹脂粉的臉上轉動，配上嘴角上那點小黑痣，真有幾分動人。

她用不著范寶華介紹，首先伸出肥白的手臂到賈經理面前來，笑道：「這是賈先生了，久仰得很。」賈經理握著她的手，覺得柔軟得像個棉絮糰子一樣。這就笑道：「我對四奶奶實在是久仰的了。請坐。」這時，聽差照著平常的辦法，將紙菸聽子送著菸，將茶杯敬著不帶茶葉的黃茶。賈經理搖搖頭道：「這些茶菸，怎樣待客。把瓜片茶泡兩杯來，把美國菸拿來。」

四奶奶笑道：「賈先生不必客氣，以後熟了，有許多事要你幫助，不要把我當貴客。」賈經理讓著她在長籐椅子上坐著，斜對了相陪，不斷地偷看她那黑綢衣服裡伸出來的白手臂。聽差送著好茶好菸來了，賈經理道：「去拿點美國糖果來。」范寶華心想：這傢伙怎麼變了，全拿美國貨來表示敬意。

這銀行斜對門，就是代賣美國軍用品的走私貨的。不到十分鐘，就是兩個大玻璃碟子裝著美國糖果送到茶桌上。這東西倒是四奶奶喜歡吃的。她一面剝著糖果紙，一面向賈經理道：「我那一點小事情，范先生和賈經理提過了嗎？」他點了點頭道：「提過的。黃金儲蓄券押款，我們本來作得不少，但四奶奶要款子，我們絕對辦，至於我們這裡的比期存款，都是八分。四奶奶的款子，我們也一定優待，改為九分。」

四奶奶腿架了腿坐著，向他顛動了身子，笑道：「謝謝。我也沒有多少款子可存，不過我所認識的一些小姐太太們，各有各私房，都願意直接在銀行裡存點款子花利息，而她們又不願站在銀行櫃檯邊辦理。希望我給她們介紹一位誠實可靠的銀行經理。我今天是先來打個頭陣，作開路先鋒。今天我認識了賈經理，以後我就可以帶著太太小姐們來見經理了。賈先生不嫌這事麻煩嗎？」說著，她烏眼珠又是向賈經理一轉。

賈經理道：「這是我們的業務，怎麼能說麻煩呢？四奶奶以後隨時來，我們歡迎之至。」說到這裡，廚子在客廳門口一瞥。賈經理知道他有話說，就走了出來。廚子低聲道：「經理叫我辦的菜，時間太急，來不及，我辦的是些熟菜。另外只買了條大魚。」賈經理道：「你想法子作兩樣海菜吧。你和館子裡很熟悉，通融一點現成的材料拿回來做。要不然，給我叫兩樣菜來，這頓便飯，一定要辦得像樣點，錢你就不必計較了。」他說著這話，聲音並不怎樣的低。在客廳的人，都聽到了。

范寶華心裡想著：這和他原來定的只辦四個碟子吃打滷麵，完全不同了。這位打算盤的賈經理，一見四奶奶就變了樣了。他這樣想著，四奶奶見他臉色變動，也就抿了嘴笑著，將一個食指，指了自己的鼻子尖，那意思說：四奶奶很行，你看是女人征服了資本家，還是資本家征服了女人呢？她這樣無言地發問時，不住地點頭，表現了得意之色。

第七回　各得其所

朱四奶奶和賈經理談了一小時，廚子把酒菜就準備得妥當，送到飯廳裡放著，請著男女來賓入席。范寶華是最留意賈經理的這桌席，除了那一大盤子滷菜的雜鑲，布置得十分精美而外，第二道菜，就是白扒魷魚。在大後方的城市裡，根本沒有了海味，富貴人家，還可以吃到囤積多年的海參，其次一點的是墨魚，而在酒席館子裡可以吃到的，最上等的海味，就是魷魚了。

朱四奶奶被讓在首席坐著，她看到了第二道菜，先就笑道：「賈經理辦這樣好的菜請客，大概借錢是沒有問題的了。」賈經理笑道：「四奶奶和我們客氣什麼？你有時頭寸調轉不過來，在我這裡移動一點款子，那是毫無問題的。現在所要考慮的，就是我們這小銀行，是否承受得了四奶奶這個大戶頭的調動？」

四奶奶點了兩點頭道：「我承認賈經理應當有這個看法。可是我實在是個空名，並沒有什麼錢，假如我有錢，我也和那些會找舒服的人一樣，坐飛機到美國去了。」賈經理笑道：「那還是四奶奶客氣，四奶奶真要到美國去，還會有什麼困難嗎？」

她將上面的牙齒，咬了下面的嘴皮，點了兩點頭，笑道：「我也就是混上這點虛名，承各方面的朋友看得起我，都以為我是有辦法的。好吧，我也就借了大家看得起我的這點趨勢，自己努力前進，將來也許有點造就吧？」她的說話，就是這樣，有時是自謙，有時又是自負，就是讓人摸不著她到底有多麼深淺。不過賈經理坐在她對面，覺得她一言一笑，全有三分媚氣，說她是過了三十歲的人，實在也看不出來。

這一頓飯，辦得實在豐盛之至。談著吃著，混了一小時，正事倒是隨便只談幾句，但朱四奶奶的要求很簡單，只要她拿金子來押款，賈經理答應借給她，她就算得著了圓滿的解決。那賈經理呢？對於朱四奶奶，根本沒有打算在她頭上賺多少錢，只要她常常到銀行來，而且能介紹幾位太太小姐的存戶，他也十分滿足。所以事實上也沒什麼可作長談的。

吃過了午飯，這誠實銀行，又早是下午的營業時間，她向范寶華笑道：「多謝你介紹，我的事情已經成功了，現在可以告辭了。」說著就起身向賈經理道謝。賈經理雖是不嫌她多坐一會，不過今天是初次見面，卻也不便表示挽留，親自把她送出銀行大門。

他回到經理室的時候，老范還坐在沙發椅上。他聳著小鬍子搖了頭，微笑道：「這是個了不得的女人，這是個了不得的女人。」說著，拿起長旱菸袋來，向口裡銜著，緊傍了老范坐下。當他將菸袋嘴子銜著的時候，不住地由心窩裡發出笑來，幾乎是張開了口，含不住那菸袋嘴子。范寶華道：「賈經理說她是個了不得的女人，就算是個了不得的女人吧，這也不致這樣的好笑。」

賈經理道：「我說她了不得，並不是說她的本領有什麼了不得。我是瞧她的年歲說話。據說，她是四十將近的人了。照我看去，不過二十多歲，而且肌肉豐滿，有一種天然的嫵媚，我覺得她比少女還美。簡直……簡直……哈哈。」他形容不出來了，卻把那笑聲來結束他的談話。

范寶華聽了，暗下大吃一驚。心想：和朱四奶奶交朋友的，無非是借她的介紹，另結交一兩位異性的朋友，誰會直接去賞識這隻母老虎。賈經理鄉下老兒的樣子，倒有打老虎的主意，這膽子大得驚人。可是受了朱四奶奶的重託，卻不便在一旁破壞，這就笑道：「你這看法是對的。她若是沒有一點魔力，那些太太小姐們怎麼肯和她親熱得像親生姊妹一樣呢？」

賈經理道：「聽說她家裡布置得很好？」他這原是一句平淡的問話，可是他問過之後，卻又嘻嘻地笑了起來。范寶華聽了他這話音，已很明白他是什麼用意，這就點了頭笑道：「要談怎麼樣好，那倒是各人看法不同。不過她家裡有個小舞廳，有兩間賭錢的小屋子，有一位會作江蘇菜的廚子，二三友好到她那裡去，倒是可以消遣半天的。賈經理哪天有工夫，我奉陪你到她公館裡去看看。」

賈經理左手握著旱菸袋，右手摸摸頭髮，笑道：「我既不會跳舞，又不會打牌，那去了有什麼意思呢？」范寶華笑道：「難道你看人跳舞還不會嗎？吃江蘇菜還不會嗎？」賈經理道：「據你這樣說，到那裡去，乃是專門享受去了。」范寶華笑道：「那是當然。最大的好處就是精神上的享受，交不到的女朋友，在這裡都交到了。我就……」說著，將手掩了半邊嘴臉，對著賈經理的耳朵，低低地說了兩句。他哈哈大笑道：「我老了，沒有這個雄心了。」他又立刻下了句轉語道：「不過我也總應當去回拜人家一下。」

范寶華點頭說好，就約了隔一兩天來奉約，倒是真落個賓主盡歡而散。范寶華心裡，這時又不在女朋友問題上。他所計劃的是皮包裡的那幾張黃金儲蓄券。他告訴人家，手上的黃金券都抵押光了，那正是和其他有錢的人同樣的作風，越有就越說沒有。他急於要回家去盤盤自己的帳底，加上了今天所得的黃金儲蓄券，數目和兌現的日期，應該列一個詳細的表。假如還能滾一次雪球，不妨再滾上一回，他這樣想著，就直奔回家去。

吳嫂老遠地迎著他笑道：「金子買到了手沒得？」范寶華夾著皮包一面上樓，一面笑道：「金子買到了，你倒是很關心的。」吳嫂笑道：「那是啥話，我靠那個吃飯嗎！」范寶華走到了樓梯半中間，回轉頭向她笑道：「你靠我吃飯？現在用不著。你有個在公司裡當職員的好兄弟，可以幫助你了。那小子多麼漂亮。」說著打了個哈哈奔上樓去。

他向來是這樣和傭人開玩笑慣了，說完了，自也不把任何事放在心上。他回到了屋子裡，掩上了房門，就把箱子裡的黃金儲蓄券和收買金券的帳目仔細盤查了一下，第一次是先後買進了四百兩，也押掉四百兩，買進三百多兩，變成七百多兩。第二次把出頂百貨店的錢，買進七百多兩，合併手裡的存貨，押出去一千一百兩，再買進八百多兩。變成了二千五百兩。第三次只押出去二百多兩，買進一百多兩，現在是銀行裡押著一千八百兩不到，手裡也就把握著將近一千兩的黃金儲蓄券，共是二千八百兩。假如小小地再滾一次雪球，押出去五百兩，買進來三百兩，就突破三千兩的大關了，真正掏腰包買的黃金，只有一千二百兩，這滾雪球的辦法，滾出一千六百兩。黃金官價一提高，賣掉八百兩，就可以把銀行裡押的一千八百兩贖回，這錢就賺多了。希望黃金提價還遲延幾天，再把最後一次雪球滾成，那就可以暫時休息一下。先在重慶成家立業，然後等勝利到來，回下江去享享福。這樣看起來，還是我范寶華有辦法。

他想到此處十分高興，將手拍了桌子一下，大聲叫道：「還是我有辦法。」他拍這下桌子，乃是自己讚賞自己，並沒有其他的意思，可是這聲音非常的重大，在這聲大響中，把樓底下的吳嫂也驚動了。她提了一壺開水，紅著兩隻眼睛，板著臉子走上樓來。到了范寶華面前，噘了嘴道：「啥事又發脾氣嗎！」范寶華道：「我沒有發脾氣呀。哦！你說我拍了一下桌子，那是我高興起來，自己誇讚了自己一句，與別人不相干。嚇，你為什麼哭了。」他不問倒罷了。他問過之後，吳嫂手上的開水壺，已經是力不勝任，這就放下水壺，兩行眼淚抛沙一般地落著。

范寶華笑道：「大概因為說你有了個把兄弟，你就不高興了。其實我就是說你有個把兄弟罷了，另外並沒有什麼意思。這不去管他了。我告訴你真話，我真發了財了。你伺候我兩年，我不能不重重地酬謝你一下，我送你一張十兩的黃金儲蓄券。這已過了一個多月限期了。再過四個多月，你就可以拿到十兩黃金了。」說著，就在整疊的黃金儲蓄劵裡面，抽出了一張，交給吳嫂。

她放下水壺之後，就抬起手來，不住地揉擦眼睛。聽到主人要給她十兩黃金儲蓄券，已經是一陣歡喜，由心眼裡癢到眉毛尖上來，但是眼淚水還沒有擦乾，自不便笑出來。只有板了臉子，將肋下抽出來的手絹，只管擦抹臉皮，呆呆地並不說話。

及至范寶華將黃金儲蓄券遞過來，她也認得幾個字，接過來一看，這就露了白牙笑道：「真的送把我？」范寶華笑道：「我縱然說假話，那儲蓄券是國家銀行填寫著的，那絕不會假。」吳嫂笑道：「謝謝你。我和你泡好了茶，就去和你上菜市買點好菜來消夜，你發財應該吃好。」范寶華亂點了頭道：「吃好點，吃好點，我也不是那種守財奴，只曉得看錢成堆而不曉得用的人。大概今天晚上沒有人來，我們可以一塊兒吃。」

吳嫂笑著頭一扭，提了開水壺走了。但她不到兩三分鐘又來了，給主人打手巾，送茶壺，遞紙菸，並用玻璃碟子裝著花生米，放在主人算帳的桌子上。最後站在旁邊笑道：「沒有啥事我就買菜去了。」交代過這句話，她方才走去。這當然都是十兩金子的力量。

這日下午，老范就沒有出去，他結帳之後覺得是擁有兩千多兩黃金的富翁，抗戰八年，實在沒有白吃這番苦處，於是躺在床上，架起腿來，仰臥著看天花板。覺得那天花板上，不斷的現出幻影來，洋房，汽車，漂亮的女人，都是心愛之物，同時，他心裡也就覺得已經嘗到了這樣房汽車等等的滋味。他越想是越沉醉，也就不想出門了。

次日早上，他還睡得很晚才起床，朦朧中就聽到丁丁冬冬，樓下打著門響，吳嫂由樓下笑著進屋來道：「快穿衣起來。那個李老闆來了。我看他紅光滿面，眉毛眼睛都是笑的，一定是有啥子好消息告訴你。」范寶華道：「那麼，你請他在樓下等著，我一會兒就來。」

吳嫂下去了，范寶華穿好衣服，也就不及洗臉漱口，就向樓底下走。只走到樓梯半中間，就聽到李步祥帶著強烈的笑音，叫起來道：「老范呀，這一寶我們完全押中了。黃金官價，果然提高到五萬。你三萬五買進的黃金儲蓄券，每兩就賺到一萬五了。」

范寶華走到樓下，但見他兩胖臉紅得發光，坐都坐不住，手裡拿著一塊手絹，滿頭亂擦，又揩揩額角上的汗。只是閒著步子，繞了椅子轉圈圈。范寶華笑道：「這一大早，你又是在什麼地方得來的這馬路消息。」李步祥道：「好！馬路消息。報上已經是很大的字登著了。」說著，他就在他那青呢布中山服的口袋裡，掏出兩張報紙交給他看。

當然，這是范寶華最需要的食糧，趕快接過來，就展開著，兩手捧了看。李步祥是比他更注意，已經在報紙中間，用紅筆圈了個大圈，那紅圈中間，就是一條花邊新聞。很大的題目字寫著黃金官價提高為五萬。他打了個哈哈，跳著叫起來道：「究竟是我猜對了，究竟是我猜對了。」他說著話，身子隨了這聲音緊張，兩手也情不自禁地顫動著，於是在兩手過分地用勁之下，唰的一聲，把手上的報紙撕成兩半邊。

李步祥笑道：「老范，你這是怎麼了？」范寶華搖搖手笑道：「你不用過問，這無非是我神經緊張過分。這段新聞，我還只看了個題目，你不要打岔，讓我把這段新聞詳細地看看吧。」說著，把兩個半張報紙放在桌上，平鋪著，將破裂的地方拼攏起來，然後伏在桌上，低了頭細細地向下看。雖是那段新聞只有百十來個字，可是他看得非常地有趣，看過一遍，再看一遍，足足有十來分鐘之久。他然後點著頭笑道：「我又是高興，我又是可惜。」

李步祥望了他問道：「你這話是怎麼個說法？」范寶華道：「我昨天滾了一次雪球，又滾進一百多兩，這又白撈了幾百萬，當然值得我高興。可是也就為了我又滾進了一百多兩，我就鬆懈下來，在家裡舒服了大半天，沒有再去打主意。假如我再肯出去跑跑，多少還可以滾進幾十兩。這豈不是可惜？總是有點遺憾的。」

李步祥道：「你還有遺憾嗎？我跑了一天，只搞到十來兩，也就心滿意足了。我還不夠你搞得的零頭呢。」范寶華將手亂摸著頭，笑道：「我們總算沒有白費氣力，各發了一點小財了。今天下午，我們盡量地輕鬆一下。老李，你是要看戲，還是要看電影？」李步祥笑道：「我們這算什麼發財。錢還沒有到手，這就先要花掉一半。」范寶華笑道：「你不要先裝出那窮相，今天無論怎麼樣子花錢，都歸我付，還不行嗎？」說著，伸了手拍著李步祥的肩膀哈哈大笑。

吳嫂聽到大笑，搶出來看，李步祥看她紅光滿面，將牙齒只管微微地咬了下嘴唇，這就笑道：「吳嫂，你也發了財吧！恭喜恭喜。」吳嫂的臉更是紅了，扭轉頭去就跑。隔了門道：「我們是窮人嗎，發啥子財！」李步祥低聲道：「老范，你這就不對。吳嫂在你家，不但是把鑰匙，而且是個百寶囊，什麼事她不和你辦。你也應當在經濟上幫助她一點。」

范寶華道：「這還用得著你說嗎？也許她手上積攢的錢，不比你手上的少。」李步祥笑道：「那我倒是相信的。黃金官價一提高，我們就都有了辦法，真得謝謝財政部。」

范寶華也是很高興，笑得兩隻肩膀左閃右動，忙個不了。他倒是言而有信，留著李步祥在家裡吃過午飯，邀著李步祥一路出門，先到戲園子裡去，買好了夜場的票，然後兩個人同去看電影。看完了電影，先和李步祥同去吃江蘇館子，然後從從容容地上戲館子。

兩人在路上走的時候，范寶華笑道：「老李，今天總夠你快活一天的了吧？現在日本飛機，讓美國飛機打得無影無蹤，在城裡找娛樂，現在還有個好處，就是用不著擔心警報。把這顆心完全放下來找娛樂，這是十年來很少有的事呀。」李步祥笑道：「不過在你的立場上，那倒不見得是夠娛樂的。至少你得手挽著一個如花似玉的小姐，那你才算合適呢。」

范寶華笑道：「天下事是難說的。今天我和你一路進戲館子，明天我就挽一個如花似玉的摩登女子同去看戲，你看這話真不真？」李步祥笑道：「那有什麼不真？你范老闆根本就有錢，也交過漂亮的女朋友。現在你又走熟了朱四奶奶的那條路子，那就是個大交際場，還怕朱四奶奶……」

范寶華這就把手連碰了他兩下，笑道：「聲音小一點，你看，說曹操，曹操就到了。你看，那前面是誰？」說時，他就拉住李步祥的手，讓他站住。李步祥向前看時，一男兩女，笑說著走近了戲館子的大門。兩個女的是朱四奶奶和魏太太，那個男的，卻穿了一身灰嗶嘰筆挺的西服，頭上沒有戴帽子，黑頭髮梳著溜光的背頭。

李步祥低聲道：「那個男子是誰？」范寶華笑道：「那是田佩芝小姐的新朋友，是一家公司的經理，年紀不大，四十來歲。」李步祥道：「四十多歲，年紀還算不大嗎？」他笑道：「當然不大，有錢的人，七十歲還可交女朋友呢。」他們站在這裡笑著，那一男兩女，已是走進了戲館子。

李步祥笑道：「老范，你還進去不進去？」他道：「我花了錢買戲票，為什麼不進去？你這話問得太奇怪了。」李步祥笑道：「我怕你看了吃醋。」范寶華昂著頭道：「我吃什麼醋，她有辦法，我也有辦法，她能找對手，我也能找對手。進去吧。」說著，他大了步子走進戲館。

他們都是對號入座的票子，由茶房順了號頭找去，事情是非常的湊巧，他們座位的前面，就是朱四奶奶的座位，恰好范寶華就坐在魏太太的身後。因他們已經坐定了在看戲，身後有什麼情形發生，自然不是她們所能知道，而且范寶華坐下來，還有一種很熟識的香味，不斷地向鼻子裡送了來。他本來是心裡不存什麼芥蒂的，可是坐得這樣近，可以看到魏太太後腦脖子下的白皮膚，又聞到了這種香味，他說不出來心裡有一種什麼煩惱，雖然戲臺上在唱戲，可是他眼睛對於戲子的動作，簡直沒有印到腦子裡面去。偏偏前面這位徐經理，並沒有什麼感覺，他緊緊地挨了魏太太坐著，偏過頭去，對她的耳朵，不斷地喁喁說著話。魏太太是時刻地在臉上露出笑容。

范寶華看到恨不得把面前這個茶杯子對兩人砸了過去。約莫是十來分鐘，座位旁忽然輕輕喊了一聲道：「在這裡，在這裡。」范寶華回頭看時，卻是兩個摩登男女，男的是宋玉生，穿著翠藍綢長衫，配著黑頭髮，越是襯出雪白的臉子，女的就是在四奶奶家會面的那位曼麗小姐。她今天還是上穿襯衫，下套西服褲子，不過襯衫變換了條子紋的，臉上的胭脂擦得通紅。

宋玉生先笑道：「怎麼分開來坐，分成了前後排呢？」他這句話說著，四奶奶和魏太太站起來，回頭看到了范寶華，都驚訝地喲了一聲。這兩排座位上，正好范寶華靠外的座位空著，四奶奶靠裡的座位也空著。她笑道：「小宋坐我這裡，曼麗坐在老范那裡。」曼麗道：「這和我們票上的號碼相符嗎？」四奶奶道：「你儘管坐下。若是不對的話，茶房自然會來和我們對號。先坐著先坐著，別攪擾別人聽戲。」

曼麗倒是很大方，就在范寶華身邊坐下，還笑著向他低聲道：「范先生早來了？」老范真沒有想到有這樣一個好機會，笑著連說是的。四奶奶卻站起身來，反身伏在椅子背上，扯著范寶華的肩膀，帶了媚笑，輕輕地對了他的耳朵道：「你發財的人運氣好，今天可說各得其所吧？」范寶華點了頭不住地笑。

第八回　皆大歡喜

在這個地方，遇到曼麗小姐，那的確是范寶華意外的事，不過既是遇著了，這個機會，就不可以失掉。於是向她敬菸，向她斟茶，還買糖果水果敬客，不斷的周旋。曼麗小姐，對於這幾個角兒表演的戲，很感到興趣，尤其她對臺上一個唱小生的角兒，很是讚賞，她除了低聲叫好之外，還鼓了幾回掌。范寶華低聲向她笑道：「東方小姐，你覺得這戲很不錯嗎？」她點點頭道：「我覺得很是不錯。」他笑道：「不知東方小姐明天有工夫沒有？若是抽得出工夫來，我願明天請你再看一回。」她笑道：「我是閒人一個，天天有工夫，但也不知哪裡來的許多閒事，總是交代不清楚，所以也可說沒有工夫。」

范寶華笑道：「那麼，我就去買票，明天請你和四奶奶一路來好不好？」曼麗向他笑著，將嘴對前座魏太太的後影子一努。范寶華笑著搖搖頭，也沒有說一個字，於是四目相視而笑。范寶華在朱公館跑著的日子雖不見多，可是四奶奶來往的賓客，差不多都是消息靈通的。自己的事為東方曼麗熟知，自在意中，倒也不去介意，就悄悄地買下了次日的戲票。

戲散之後，四奶奶抓著范寶華的手道：「我明天中午，請你吃飯。今天派你一個差使，護送曼麗回家。」范寶華笑道：「有這樣優厚的報酬，我敢不效勞？只要曼麗小姐願意，我也應當護送。」朱四奶奶笑道：「請你吃飯，派你護送小姐，根本是兩件事。」范寶華口裡說著是是，看看曼麗的臉色，略微有點笑容，不點頭，也不說話，只是睜眼望了他。范寶華向她點點頭表示了願意聽她的指揮，至於同伴看戲的人，他已全忘了。她始終是帶了微笑，站著他身邊。

大家出了戲館子，范寶華就隨在她身後走去了。這是深夜十二時以後，重慶的街市，已是車少人稀，只有電線杆上的孤零電燈，斷續地在夜空裡向人睜著雪亮的眼睛。曼麗沒有坐車子，在馬路邊沿上走著，范寶華跟在後面，有一句沒一句地和她聊著閒話。

走了兩條馬路，她忽然問道：「范先生，你今天是太高興了吧？」范寶華笑道：「當然是很高興，難得我和你作了朋友。」她笑道：「那什麼稀奇，我有很多男朋友，你也有很多女朋友。我是說你今天有筆很大的收入。」范寶華道：「我也不必相瞞，我是老早買了點黃金儲蓄券，今天官價提升了。不過翻身的人太多，也不止我一個，而且我是其中渺乎其小的一個。」

曼麗道：「這倒是實話。重慶市上一買幾千兩金子的有的是，明天中午吃飯你知道有些什麼人嗎？」范寶華道：「大概今日在場的人都有了吧？哦！我那同伴不會在內。喲！他走開了，我都不知道。」曼麗笑道：「你有了新的女朋友，就忘了舊的男朋友了。四奶奶也是這樣，你可以拜她為師。明日中午吃飯，有賈經理，沒有小宋。你知道那為什麼嗎？」范寶華嗤嗤地笑了一聲。曼麗笑道：「天下也不少大膽的人，要在太歲頭上動土。范先生，你不覺得我是一位太歲。」范寶華在後面連點頭帶拱手，只管說不敢，不敢。曼麗格格地笑了一陣。范寶華覺得這位小姐倒是單刀直入，有話肯說。可是這讓人說話不能帶一點彈性，也就只好隨聲附和的一笑。

又送了兩條街，就到了曼麗寄宿舍的門口。她回轉身來，伸手和他握了一握，笑道：「明天午飯見了。謝謝你呀。」范寶華倒覺得她的態度不壞，笑著告別。回得家去，吳嫂開門相迎，他首先就聞到一種香氣。上得樓來，在燈光下看到她一張大白臉，笑道：「今天你也高興，化妝起來了。」她笑道：「哪裡是？是吳家娃兒，下午來了，他說，你這寶硬是押得好準。他把所有的錢，前後買了十兩金子。本錢都是三萬五。今天一漲價，他賺了五十萬。他說，謝你是謝不起，送了我一瓶雪花膏。我擦了試試，好香喲！」

范寶華笑道：「那麼，你收了我一張十兩的黃金儲蓄券你也賺了十五萬了。我不很對得起你嗎？」說話時，她正在他面前，向桌面的玻璃杯子裡倒茶。范寶華就趁便在她橫胖的臉腮上擲了一把，兩個指頭，黏滿了雪花膏。吳嫂倒不閃開，就讓他擲。微笑道：「啥事我不和你作，你也應該謝謝我嗎！」

范寶華大笑。他手上端著杯子，坐在椅子上，只是昂了頭出神。吳嫂望了他道：「又有啥事在想？你還想發財？」他道：「我暫時夠了，不再想倒把了。不過我在想，這次黃金一漲價，大家大小占點便宜，我想不起來，還有誰吃虧的沒有。」吳嫂道：「你朋友裡頭，那個賭鬼陶先生好久沒來，說是到川西販大菸土去了，回來了沒得？他不買黃金，買烏金，恐怕發不到財。」

范寶華道：「本來賭錢也可以發財，但是他的手藝不到家，那也就認命吧。」吳嫂道：「我就認命，我和你到下江去當一輩子大娘，我都願意。」范寶華道：「不過我娶了太太以後，就怕你不願意了。」她鼻子哼了一聲道：「你若是娶田小姐那樣的女人，你就要倒楣咯。」范寶華笑道：「你還是放她不過。」吳嫂道：「我有啥子放她不過。你不信就往後看嗎！」

老范點點頭道：「我承認你這話有些理由。不必往後看，明天上午我就可以把她看出來了。」吳嫂並不知道他說話何指，只是笑笑。范寶華是比昨天更高興，今天是在發財之後，又認識一位曼麗小姐了。

到了次日中午，他換了一套漂亮的西服，到了朱四奶奶家門口，老遠地就看到一乘小轎，追蹤而來。他心想著：這或者是曼麗小姐來了，可就站在路邊等轎子抬了過來。不多一會，轎子到了身邊，他才看得清楚了，轎裡乃是一位穿西服的黃臉漢子。他正注意著，轎子裡笑著叫了一聲老范。他由聲音裡面聽出來了，正是誠實銀行的賈經理。他忍不住笑道：「我都不認得了，好漂亮。前面那幢洋樓就是朱公館，已經到了。」

賈經理叫住了轎子，下來和他握著手，笑道：「老兄，和你兩天不見，你可發了大財了。」范寶華笑道：「你打發了轎錢，我們再說話。」賈經理打發轎子走了。

范寶華握著他的手，對他這身西服看了一看，這倒是挺好的灰色派立司做的。不過身上的兩個衣肩，在他的瘦肩膀上各伸出來一塊，而領子也現著開了個更大的領圈，這樣，就連帶著腰身也不相稱了。西服裡面，也是一件雪白的綢襯衫。只是他打的一條紅藍格子的領帶，卻歪扭到一邊。於是情不自禁地，將他的領帶扭正過來。這不免又有了個新發現，原來他的小鬍子，原來是沿著上嘴唇一抹乎的，這時，只在鼻子底下，養了一小撮小牙刷子似的東西。便笑道：「賈經理，你失落了什麼東西吧？」賈經理聽說，不免愕然一下，只管望著他。

范寶華道：「我猜想著，你不會知道是失了什麼的。我告訴你吧，你鼻子以下，嘴唇以上，丟了論百數的物資。」賈經理想過來了，哈哈笑道，伸手拍了他的肩膀道：「老弟臺，你不要見笑，誰到女人堆裡去，不要修飾修飾呀。我們不讓人見喜，也不要讓人討厭吧？」范寶華笑道：「是的是的，我給賈經理捧場，見了四奶奶，我多給你說好話。」賈經理笑道：「快到人家門口了，說話聲音小一點兒吧。」

於是老范故意挽了他的手膀，作出很年輕而頑皮的樣子，帶跳帶走。賈經理自不便這樣做，只有加快了步子跟他走去。

到了朱公館門口時，四奶奶已是含了滿面的笑容，站在石階下等著了。她今天似乎有意和賈經理比賽著年輕，換了一件花綠綢的西裝，翻著領子，敞開了脖子下一塊白胸脯。攔腰微微地束住了一根綠綢帶子。頭髮半蓬鬆著，在腦後簇起一排烏雲卷，在右邊鬢角下，斜插了一朵茉莉花球。看到客人來了，老遠地伸出光而又白的手臂，和客人一一握手，連說歡迎。

在四奶奶後面，同時閃出曼麗小姐。她今日也換了裝束，穿了白底紅花的長衫。那花全是酒杯大一朵的玫瑰。長髮梳了兩條小辮，而且還戴了兩個紅結子，鮮豔奪目。賈經理兩道看數目字的眼光，早被這一團紅花所吸引。她已是迎出來了，在紅嘴唇裡，先是露出兩排雪白的牙齒，向老范一笑，然後點了頭道：「客都到齊了，就等你二位。」她本還不曾認識賈經理，而賈經理借了這句話，取下頭上新買的呢帽，連點頭帶鞠躬，笑道：「來晚了，對不住，對不住！」說著，閃到一邊。

主人將來賓迎到客廳裡，果然還有一對客人，男的是徐經理，女的是魏太太田佩芝小姐。她和女主人一樣，今天改穿了西裝，不過顏色更鮮豔一點，乃是紫色帶白點子的花綢作底。鬢邊也學了主人，斜插著茉莉花球。而她臉上的胭脂，擦得比任何一次都要濃厚些。

當女主人將男女來賓一一介紹之時，她也和范寶華握著手，而且還笑著說：「我們是很久不見了。」老范見她贅上這句話，有點莫名其妙，昨晚上不還在戲館子裡見面的嗎？但也不聲辯，只是笑笑。

次之，徐經理和范賈二人握手，他穿著一套漂亮的白嗶嘰西服，在重慶，那簡直是少有人能表現的。而在他的手指上，就套著一枚鑽石戒指。老范心裡想著，這位田小姐，大概是根據金剛鑽交朋友的，誰有金剛鑽，就和誰要好。他心裡這樣想著，和徐經理握著手，卻很快地看了魏太太一眼，大家落座。

朱家漂亮的女僕，搪瓷托盤，先托著兩個玻璃杯，送到茶桌上。賈經理看杯子上蓋著蓋子，隔了玻璃看到裡面的茶色綠瑩瑩的，每片茶葉都舒展地堆疊在杯子底上。魏太太笑道：「這茶可喝，是福建真品。在四川於今能喝到福建茶，這不是容易的事呀。」

正說著，女主人親自捧了只圓形的玻璃盒子進來。裡面是整塊的乳油蛋糕，女僕跟在後面，送著瓷碟子和水果刀來。女主人掀開盒蓋，將來放在茶桌上，然後將蛋糕切著，放在碟子裡，每人面前，送去一碟。

范寶華按著碟子笑道：「哎呀，這是祝壽蛋糕呀。四奶奶的華誕？」她且不答覆這話，向曼麗瞟了一眼。曼麗坐在旁邊椅子上，就站了起來，向她搖著手道：「不能再誤會了，我的生日早過去了。」四奶奶笑道：「不管是誰的生日吧，反正不是我的生日。」

賈經理看到曼麗和魏太太都是年輕貌美，而且也非常的活潑，並沒有什麼男女界限。心裡暗暗想著，這地方實在是個引人入勝之處，能夠常來，必定可以交到女朋友，既然如此，這就必須裝得大方些，好給人家一個好印象。於是笑道：「那我得恭賀一番，讓我打一個電話到行裡去，給曼麗小姐預備一點壽禮。」范寶華心裡想著：這傢伙福至心靈，居然自動地說送禮。曼麗聽到銀行經理要送禮，不由得破顏一笑，點了頭道：「賈經理你不要客氣，我已經聲明了，並不是我的生日。」

賈經理端著蛋糕碟子，正將賽銀小叉子，叉著大塊的蛋糕向嘴裡塞了去。見曼麗向他笑著，不免慌了手腳，咀嚼著蛋糕道：「沒有別的，送點兒壽桃壽麵來，湊份熱鬧罷了。」曼麗料著他這是虛謙之詞，依然笑了謙遜著道：「不要破費，不要破費！」

范寶華可知道他的脾氣，說是壽桃壽麵，必是三斤切麵，二三十個白麵饅頭。這種東西，送到朱四奶奶家裡，只好讓人家倒了餵狗。他若是真打電話送來了，那可是個笑話。於是笑道：「要送禮，我們就合股公司吧，來來，我們商量商量。」

說著，把賈經理引到舞廳的門簾子下面，低聲道：「你打算送東方小姐一些什麼？」賈經理道：「我不是說送人家壽桃壽麵嗎？」范寶華道：「你說的是三斤切麵，二三十個饅頭？」賈經理道：「送饅頭究竟不大好。我想送十個小雞蛋糕，那些小雞蛋糕，不有歪桃子形的嗎？正好當壽桃用。」范寶華抱著拳頭，給他拱了兩拱手。低聲笑道：「勞駕！你不必辦，都交給我吧。我絕對向曼麗說，是我們兩個人買的。」

賈經理道：「那麼，你打算送什麼東西？」范寶華道：「我送她一個金鎖片和一副金鏈子。」賈經理怔了一怔，翻眼望著他道：「我們兩個人？」范寶華笑道：「我出錢，你出名。」說著，捏了他的手，連搖撼了兩下，意思是教他不必再說。

於是兩人復歸到座位。老范向曼麗笑道：「東西我們已經商量好了，明日補祝。」徐經理和魏太太表現得很親密，坐在一張仿沙發的長籐椅上，態度很是自然。他也向曼麗笑道：「我們也當略有表示，只好補祝了。」曼麗笑道：「我說不是生日，你們一定要說是我生日，那我有什麼法子，好在我能白得許多東西，也不吃虧，我就糊裡糊塗算是過生日吧。」

朱四奶奶端了一碟蛋糕，傍著賈經理身邊的椅子坐著，笑道：「大家都湊份子，不帶我一股嗎？二位也替我代辦一下吧。」賈經理在她坐下來的時候，就覺得有一陣動人的香氣送到了鼻子裡，同時，又看到四奶奶露著細白整齊的牙齒向人笑來。尤其是她以南方人操著的國語，覺著比純粹北方人說的還要清脆入耳。他很怕答應晚了，招致四奶奶的不快。立刻笑道：「我們代辦，我們代辦，假如辦得不稱意，還可以更改。」

四奶奶對於賈經理之為人，雖略微了解，可是對於范寶華之個性，卻摸得更熟，老范正開始追求曼麗，他把老賈拉到一邊去，一定商量好了送禮的辦法，而且由他作主，一定是很優厚的。於是向范賈二人笑了一笑。

這裡是剛把壽糕吃完，老媽子就請上樓去吃飯。這原來賭錢的小客室裡，布置了一張小圓桌又是六把彈簧椅子。圓桌上是雪白的臺布蒙著，放下了賽銀的杯碟牙筷。這在戰前，實在平常得很，可是在大後方的今日，卻是個極不容易遇著的事。賈經理先是一驚。桌子中間放下一隻一尺二寸直徑大彩花盤子，裡面放著什錦拼盤。賈經理站在桌邊看去，就看到其中有的魚和龍鬚菜兩樣。明知道這是飛機帶來的罐頭貨。可是這日子要在重慶吃這樣的罐頭貨，非得和盟友有些來往不行。心裡就回想到前天請四奶奶吃飯，幸而是接受了老范的勸告。若是只弄四個碟子請她吃麵，決非這種大手筆的人看得慣的。

他正這樣出神呢，四奶奶走到他的身邊，輕輕地挽了他一隻手臂，向正面席上推動著，笑道：「賈先生，請到上面坐。」他是站在桌子下方的，笑道：「不必客氣，我就在這裡坐。」朱四奶奶向他看了一眼微笑道：「那不妥當吧？你和我女主人坐在一處，要占我的便宜？」賈經理對於她這個說法，真是沒有法子辯護，把老臉漲紅了，連說不敢。四奶奶笑道：「既不敢，你就服從我的命令，請坐上席。」賈經理本已詞窮，聽到她這話，又很有點味兒，就只好坐了上席。

於是主人讓范寶華徐經理左右夾著賈經理坐了。曼麗田佩芝左右夾著自己坐了。坐定，她先笑道：「我們這裡，男女陣線，壁壘分明，各占桌子半邊。田小姐和徐經理挨著坐，友誼本來是深的。曼麗小姐和范先生挨著坐，我也希望友誼有進步。我和賈經理隔著個桌面，好像是友誼淺薄一點。但我希望能夠不劃分這樣深遠的界限，因為現在時代不同了。請喝酒。」她說話時，老媽子早在各人杯子裡斟上了酒，她舉起杯子來，對著各人敬酒，而她的眼光，卻在杯子沿上望了賈經理。賈先生真覺得滿身都是舒服，也就端起杯子奉陪。

主人是十分的周到，她先向曼麗敬酒，說是祝壽，要范寶華相陪。然後向魏太太道：「田小姐，我恭賀你一杯。」魏太太和徐經理公開的陪伴，本來日子很短。在范寶華當前，她說不出來精神上是受著一份什麼壓迫，所以她始終不大說話，只是微笑著。這時女主人正式向她敬賀一杯，只得舉起杯子來笑道：「我有什麼可賀的呢，我並不過生日。」

四奶奶笑道：「我這杯酒，比恭賀你作生日那還要有勁。徐經理快陪一杯，我知道你們的喜期快了。」這位徐經理恰好也是不大說話的，舉著杯子笑道：「多謝多謝，我乾杯。」四奶奶道：「這多謝是雙關的，有謝介紹人的意思在內。老范曼麗，你們也同賀一杯。賈經理就剩你了。咱們也恭賀這兩對一杯，好嗎？」這咱們兩個字，說得賈經理心服口眼，連說好好。他也就端起杯子來，於是同乾了一杯。這樣魏太太的情形是公開了，曼麗的態度，也相當明朗，而最妙是四奶奶自己的心事，也略有透露，於是三位男賓皆大歡喜。

第九回　有錢然後有閒

朱四奶奶為什麼請吃這頓便飯，賈經理還有些莫名其妙。照著普通人的習慣，當然是要向銀行裡借錢，才向銀行老闆拉攏。朱四奶奶為了買黃金儲蓄，才把原有的儲蓄券在銀行裡押款，以便調動現金，再去套買。現在黃金官價已升高到了五萬一兩，已經沒有大利可圖，四奶奶那種聰明人，應該不會去做這樣的傻事。那麼，這就另外有事相求了。那是什麼事呢？必須知道她是一種什麼要求，才好先想得了答詞來應付這個竹槓。他心裡有了這麼一個念頭，所以談笑著吃過飯以後，他就表現著緘默。

主人讓到小客廳裡來坐，用大的玻璃缸子裝著廣柑白梨桃子待客。四川地方，任何農產物，都比下江早一兩個月，但冬季的水果，能和夏季的水果一同拿出來，那還是非特別有錢的人不辦。賈經理立刻又有個感想：朱四奶奶手上還是有錢，也許她不會向銀行來借錢的。於是很從容地坐著吃水果。

徐經理靠近了他坐著，就向了他笑道：「賈先生，黃金官價一提高，作黃金倒把不行了，這些人不亂抓頭寸，銀根又該鬆下來了吧？」賈經理道：「雖然金子的漲落，很可影響到銀根的鬆緊，但是重慶市面上的金融，千變萬化，而各商業行莊，各走的路子不同，所以不能完全用黃金價格去看金融市場。徐先生貴公司，完全是經營生產事業，不會受市場金價高低的波動吧？」

徐先生原來很沉默，他只有看到魏太太的脂粉面孔，有時作一陣微笑。不過談到了生意經，也就興奮起來了，搖搖頭道：「不那麼簡單，鋼鐵，紗布，糖，我們都經營過，不是原料不夠，就是沒有出路。現在我們是專營酒精。印度的輸油管，已經通到了昆明，眼見酒精又沒有了多大的出路。不過湘西和四川境內，現在還談不到用汽油，暫時可以維持一個時期。勝利是慢慢的接近了，我們不能不早早的作復員計劃。最近我也想到貴陽去看一趟。」

朱四奶奶正握著魏太太的手，坐在對面一張沙發上，這就接了嘴道：「徐經理不帶個伴侶同走嗎？」他道：「我去個十天半月就回來，只是觀察，沒有什麼事要辦，我不打算帶同事的去。」朱四奶奶將嘴向魏太太一努。笑道：「誰管你同事的，我是問你帶不帶她去？」他笑道：「我當然是很歡迎的。」魏太太因范寶華坐在旁邊，不便說什麼，只是微笑。

曼麗正將一隻廣柑，在碟子裡切成了四瓣。她就把手上的賽銀水果刀子，把碟子在茶几上向對面撥動，因為范寶華就坐在茶几對面。她將下巴微微點著，笑道：「老范，給你吃。」他笑著說聲謝謝。曼麗笑道：「不用謝，這是我運動運動你。到四川來了這麼多年，還沒有去過成都，這實在是個遺恨。馬上勝利來到，我們就要出川，這時還不到成都去看看，那就更少到成都去的機會了，老范什麼地方都熟，能不能夠在公路局給我找張到成都的車票？」

范寶華道：「這好辦，你什麼時候走？」曼麗道：「我不是要普通的車票，我要坐特別快車，有位子的車票。」范寶華道：「那也好辦，告訴我日子就行。」朱四奶奶向他瞟了一眼道：「你不是對我說，要帶百十萬元到成都去玩上幾天嗎？你自己買票，和曼麗帶買一張就是。」

范寶華心想：我幾時說過要到成都去？但他第二個感覺，跟著上來，只看朱四奶奶那眼色，就知道她是有意這樣說的。便笑道：「我最近是要去一趟，也不光是遊歷，有點生意經可談，但日子還沒有定。」朱四奶奶道：「那你就提前走吧。」范寶華道：「我的日子很活動，可以隨便提前。東方小姐什麼時候走？」她笑道：「老實說，我想揩揩你的油，同你一路走。路上有人照應，你哪天走，我就哪天走。我在重慶是閒人一個。」

賈經理一旁冷眼看著，心想：這倒乾脆，一個人帶一個如花似玉的出門遊歷，而且一說就成。進了這朱四奶奶公館的門，那就是有豔福可以享受的。他吸著紙菸，雖不說話，臉上可也很帶了幾分笑意。朱四奶奶也是在碟子裡切了一個廣柑，然後將碟子端著遞到他手上，笑道：「賈先生，先來個廣柑？我們都是有責任的人，離不開重慶，想出去遊歷，這是不可能的事了。到了星期日，只好郊外走走了。」她這樣說著，雖沒有指明是相邀同去，可是她提了個星期日。四奶奶有什麼星期不星期哩，那分明是有邀為同伴之意了。兩手接過她的碟子，就點了頭笑道：「這話贊成之至！這個星期日，我或者可以借到朋友一輛車子，那時我來奉邀四奶奶吧。」

四奶奶張嘴微笑著，對他瞟了一眼，卻沒有說什麼。她越是不說話，這做作倒越讓賈先生心裡如醉如痴，只有帶了笑容，低頭吃那廣柑。

大家坐著談了一會，還是徐經理略少留戀的意思。他向魏太太道：「我要到公司裡去看看了，晚上我買好了電影票子等你吧。」魏太太站起來，笑著點了兩點頭。徐經理和賈范兩人都握了一握手，然後回轉頭來低聲向魏太太道：「怎麼樣？你送我一送嗎？」魏太太站在他面前，彎著眉毛，垂了眼皮，輕輕地答應了一聲，也不知道說的是什麼。只見徐經理滿臉是笑地走著。魏太太倒不避人，就跟了他後面，走出客廳去。

魏太太出去了有十分鐘之久，方才回轉客廳來。朱四奶奶向她笑道：「徐經理請你看電影，都不帶我們一個嗎？」她笑道：「你早又不說，你早說我就叫他多買兩張票了。」四奶奶笑道：「徐先生果然要請我們看電影，就不必我們要求了。當然，徐經理不是捨不得這幾個錢。大概為了要請我們就有點不方便吧。」魏太太笑道：「那有什麼不方便呢？大家都是朋友，請誰都是一樣。」她說這話時，臉色表現得沉重，而且故意地對范寶華看了一眼。范寶華倒是裝著不知不覺，還是和曼麗談話。

賈經理看他兩人椅子挨了椅子坐著，各半扭了身子，低聲下氣地帶笑說話，大概暫時沒有離開的意思。自己銀行裡的業務，可不能整下午地拋開，對朱四奶奶看了一看，笑道：「我和徐經理一樣，閒不住，下午還要到行裡去看看，改日再來奉看。」朱四奶奶笑道：「那我也不強留你了。你要到我這裡來，你就先給我一個電話，我會在家裡等候你的。」

賈經理帶著三分愛不能捨的情形，慢慢地站了起來，慢慢地走出了客廳，站在大門口，讓朱四奶奶出來相送。朱四奶奶出來了，他站在階沿下，只管拱手點頭，然後笑嘻嘻地告別。

在四奶奶這公館附近，全都是些富貴人家，因為由這裡走上大街，有二三百級山坡路，所以有那些也算投機生意的人，把轎子停在樹陰底下，專等幾家上街的人。他們曾看見這位賈經理是坐著轎子來的。他由朱公館裡出來，料著他還是要坐轎子走的，轎伕立刻圍攏了來，叫著：「老爺，上坡上坡。」

賈經理看到朱四奶奶還沒有走進屋去，就對轎伕道：「你們抬一乘乾淨一點的轎子來。」等到轎伕把轎子抬來了，再回頭看朱四奶奶，人家已進去了。他卻把手握了鼻子，搖著頭道：「不行不行！你們的轎子藏得很，我不坐了。」其中有個轎伕道：「朗個髒得很，剛才就是我抬下來的嗎。」賈經理也不理。會他這話，自行走去。

不想他走得急促，走出了石板路，一腳踏入淺水溝裡。幸是溝去路面不過低，他只歪了歪身子，沒有摔倒，趕快提起腳來，鞋子襪子，全已糊上了黑泥。轎伕們老遠地看到哄然一陣大笑，有人道：「還是坐了轎子去好，一雙鞋值好多錢，省了小的，費了大的。」賈經理回頭瞪了他們一眼，將泥腳在石板上頓了兩頓，徑直地就走了。

走到山坡中間，氣吁吁地就在路旁小樹下站了一站，借資休息。這就看到一個胖子，順著坡子直溜下來。到了面前，他就站住腳，點個頭叫聲賈經理。他也只好回禮，卻是瞪了眼不認識，那胖子笑道：「賈經理不認得我了。我和范寶華先生到和貴行去過兩回。我叫李步祥。」他哦了一聲，問道：「李先生，你怎麼也走到這條路上來了。」他說這話，是沒有加以考慮的。因為他覺得李步祥是一位作小生意買賣的人。這種人賺錢是太有限了，他不會讓朱四奶奶看人眼，也不能不量身價，自己向這裡跑。

李步祥恰是懂了他的意思，笑道：「我也是到朱四奶奶公館裡來的，她雖然是一位摩登太太，倒也平民化。什麼人來，她都可以接見的。我聽說老范在她這裡，我有點事情來找他，請他趕快回去。」賈經理笑道：「老兄又在市場裡聽到了什麼謠言？黃金官價大概今天會提高吧？」李步祥笑道：「黃金夢作到了前天，也就可以醒了，不會再有誰再在金子上打主意。」

他一面說著，一面向賈經理身上打量，見他上身穿了一套不合身材的西服，而腳下兩隻皮鞋，卻沾滿了汙泥，甚至連皮鞋裡的襪子，都讓汙泥沾滿了，可以說全身都是不稱。但雖然是全身不稱，他也必有所謂，才換上這麼一套衣履的。於是向他笑道：「賈經理也是到朱公館去的嗎？」他臉上現出躊躇的樣子，將手摸摸下巴，帶了微笑道：「我和這路人物，原是結交不到一處的，不過她正式請我，我也不能不到，我是吃完了飯就走了。范先生和一位女朋友在那裡還談得很入神。」

李步祥先是嘆了口氣，然後點點頭道：「賈經理這個辦法是對的，你是個幹銀行業的人，不能不到處衍敷存戶，可是我們這位范兄，作生意是十分內行，不會虧什麼本。不過他一看到了女人，就糊塗了。朱四奶奶這種人家……」說到這裡，他把聲音放低了幾分，笑道：「那是一隻強盜船。若是願意作強盜，當然可以在那裡分點兒髒。若是個善良老百姓，一定要吃大虧。我真不解老范這個人，那樣聰明，對於這件事，這樣的看不透。他分居的那位太太袁三小姐，常在朱家見面，他的愛人田小姐，是人家有兩個孩子的母親，離開了家庭，索性和四奶奶當了祕書。這些小姐，各人都有了各人的新對象。這是很好的證明。那裡的女人，全是靠不住的，他為什麼還要到那裡去找新對象呢？」

賈經理微笑了一笑，也沒說什麼。李步祥望了他，見他的臉色，頗不以自己提出的建議為然，自然也就不再提了。賈經理低頭看看自己的皮鞋，那汙泥已經乾了。於是手扶了帽子，向李步祥點了個頭告別。

李步祥站在坡子上出了一會神，也就掉轉身向坡子上慢慢地走著。到了大街上，兩頭張望著，心裡有點茫然，正好斜對門有家茶館，他就找了臨街的一張桌子，泡了一碗沱茶，向街上閒看了消遣，不到十來分鐘，見兩乘轎子，分抬著男女兩人由上坡的缺口裡出來，正是范寶華和東方曼麗。他們當然不會向茶館裡看來，下了轎子，換了街上的人力車，就一同走了。李步祥暗暗地點了頭。又坐了幾分鐘，獨自地對了一碗沱茶，卻也感到無聊。正自起身要走。一個穿黑邊綢短褂子的人，手裡拿了一把芭蕉扇，老遠地向他招了兩招。

那人頭上戴頂荷葉式的草帽，嘴上有兩撇八字鬚，那正是同寓的陳夥計。後面跟個中年人，那人穿了短褲衩，上身披著短袖子藍襯衫，敞著胸口，後身拖著兩片燕尾，也沒有塞在褲子裡。手上拿了一柄大黑紙扇，在胸口上亂敲，那也是同寓的劉夥計。

他兩人一直走到面前來，笑道：「李先生，你今天怎麼有工夫單獨地在這裡喝茶？」他笑道：「我找兩個朋友沒有找著，未免跑累了，喝碗茶休息休息。我正是無聊，大家坐下來談談。」

陳劉二人坐下，陳夥計手摸了鬍子，笑道：「你有工夫坐在這裡喝茶，那究竟是難得的事。你買了幾兩金子？官價一提高，你這寶孤丁，押得可真準。」李步祥道：「我這算什麼？人家幾百兩幾千兩的買著那才是發財呢。」

陳夥計笑道：「你不打算再作什麼生意？金子是不能再買了。」他道：「我就是為這事拿不定主意。照說，只要倒換得靈便，作什麼生意，可不會小於黃金的利息。可是報上天天登著打勝仗的消息，大家眼看著就要回家鄉，誰也不敢多進貨。這幾天，進了貨就有點沾手，能夠賣主本來，白犧牲利息，就算不錯。我想，過去一個時期，也沒有什麼生意比作金子最合算的了。只要買得多，人坐在家裡發財。可惜我是小本經營，沒有大批款子調動。不然的話，我這時也是在家裡享福。」

說到這裡，他自己也禁不住笑起來。低聲道：「大概是胃口吃大了。我只覺得作什麼生意也不夠勁了。尤其是我向來跑百貨市場的。這幾天都是拋出的多，買進的少，我早上到市場裡去轉了兩個圈子，簡直不敢伸手。剛才我到街面上打聽打聽，東西又落下了個小二成。幸而我是沒有伸手。我若還像從前作生意似的，見了東西就買，那我現在不知道要虧本多少了。我今天雖沒有作生意，坐在這裡喝茶，倒反而賺了錢了。住在城裡，看到了貨，總想買，明知價錢總是看跌的，可是心裡就會因人家的便宜拋售要伸手。明天我決計下鄉去躲開市場。」

陳夥計摸著鬍子，望了劉夥計笑道：「聽見沒有？李老闆有了錢了，下鄉納福去了。重慶這地方，到了夏天，就是火爐子，誰不願意到鄉下去風涼幾天？」李步祥笑道：「我老李有沒有錢，反正大家知道，我也用不著申辯。不過我奉托二位，若有什麼大行市波動，請給我一個長途電話。」

陳夥計笑道：「那麼，你乾脆不要下鄉。人閒心不閒，你縱然下鄉去休息，也沒有意思。」李步祥道：「這個年頭，要心都閒得下去，除非有個幾百兩金子在手上。」

劉夥計搖搖頭道：「你這話正相反，有了幾百兩金子在手上的人，晚上睡覺都睡不著，還閒得住這顆心嗎？老李呀！膽大拿得高官做，你不要下鄉，那太消極了。」李步祥看他這樣子，很像心裡藏有個題目要做，便掏出紙菸盒，向他們各敬了一支菸，然後笑問道：「二位有什麼新發現？」劉夥計吸著菸道：「也不是什麼新發現。不過是你那話，現在無論什麼貨，都不敢囤在手上，怕是兩三個月之內，盟軍在海岸登陸，物價要大跌。但是有一層，法幣倒是……」

李步祥不等他說完，連連地搖了頭道：「把法幣存到銀行裡生息？」劉夥計道：「現在比期存款，可以到九分，也不壞呀。不過我說的還不是這個。我們手裡拿著法幣，看起來很平常，可是在淪陷區裡的人，還把法幣當了寶貝呢。現在有很多人，就拿法幣到淪陷區去搶金子……那事情並不難，把法幣帶到國軍和敵軍交界的地方，換了偽幣，進到淪陷區去，然後買了金子帶回來。那邊的人，最歡迎關金。聽說現在美鈔也歡迎了。國軍越打勝仗，法幣在淪陷區越值錢。我們若能去跑一趟，準比作什麼生意都強，而且最近國軍天天在反攻，法幣也就天天漲價。聽說現在法幣對偽幣是一比二，可能我們到了淪陷區就一比三了。只要我們帶了法幣向前走，一動腳就步步賺錢，這是十拿九穩的生意，你不打算試試嗎？」

李步祥默然地聽著，將桌子一拍道：「對！可以做，我現在正閒著無事可做。是不是坐船到三斗坪呢（按此為宜昌上游之一小站，在三峽內。宜昌失守後，此為國民黨軍長江區最前之一站）？」陳夥計道：「三斗坪，誰不能去？現在走套淪陷金子的路線，共有兩條，一條是走湖南津市，一條是走陝南出老河口。安全一層，你可以放心，決沒有問題。在雙方交界的小站上，有那些當地人專門作引路的生活，哪裡都可以去。」

李步祥道：「這個我知道，我在湖南，就常跑封鎖線的。你們二位是不是正在接洽這件事？」陳夥計道：「正是接洽這件事。我們是找一位內行同伴。若是成功的話，我們三天之內就走。」

李步祥聽了這話，大為興奮。商議了一陣，他暗下決定兩個步驟，第一是和范寶華商議，並向他借一筆錢。第二是把手上存的貨都給它拋售出去，好變成法幣。主意想定了，和陳劉二人分手，就到范家去請教。見著了吳嫂，她說是范寶華根本沒有回來。李步祥坐著等了半小時，沒有消息，只好走開了。到了晚上再去，還是沒有回家。

次日上午第三次去，老范又出去了。一混兩三天，始終是見不著老范。最後，聽到吳嫂的報告，他已經坐特別快車到成都去了，李步祥猜著他一定是搶一筆什麼生意作。沒有借到錢，又沒有得著這位生意經的指示，考慮的結果，不向前線去了。打聽金價，已經突出十萬大關。那黃金儲蓄券，若肯出賣，可以得到七萬一兩。據一般人的揣測，還要繼續漲。這多天並沒有作百貨倒把，倒大大地掙了一筆錢。下鄉去避暑休息兩天，也沒有算白發這筆小財。主意定了，就收拾兩個包裹，過江回家。

他家住在南溫泉，在海棠溪有公路車子可搭。這公路是通貴陽的，當他走到車站裡的時候，貴陽的客車，正要開走。他見朱四奶奶和賈經理站在車外送客。魏太太穿了一身豔裝，在車窗子裡伸出塗了紅指甲的白手，向車子外揮著手，口裡連說再見。徐經理和她並排坐著，只是點頭微笑。李步祥心裡暗叫了一聲，這傢伙跟人跑了。

車子開過以後，朱四奶奶挽著賈經理一隻穿西裝的手，笑道：「他們走了，我們也上我們的車子吧，在南溫泉多玩一些時候也好。」李步祥不便出現，就鑽到人群裡去偷看。在車站外人行路上，正停了一輛小汽車，他兩人坐上那車子就開走了。李步祥心裡想著：哦！都發了財，都有了工夫。這是雙雙地去洗溫泉澡了。

第十回　淒涼的童歌

李步祥是個作小生意買賣的人，他的思想很頑固，也不妨說他的舊道德觀念，還保存了一點。他對於這幾對男女隨便的結合，頗不以為然。尤其是賈經理那樣一文錢看成磨子大的人，這時和那樣揮金如土的朱四奶奶混到一處，太不合算。由海棠溪到南溫泉不過是十八公里，一天有六七次班車可搭，他們不坐班車，卻要坐小座車，大後方是根本買不著汽油，買酒精也有限制的，為什麼這樣浪費？到南溫泉去洗個溫泉澡，值得這樣地鋪張嗎？他存了這個意思，倒要觀察一個究竟。

三小時以後，他坐著公共汽車，也到了南溫泉。他向車站外一張望，就首先看到賈經理坐的那輛藍色汽車，停路邊，果然是他們到這裡來了。他被好奇心衝動，索性走到溫泉浴塘門口去探望一下。

這浴塘在一片廣場中，四邊栽著有樹，當他正在樹外徘徊的時候，他發現了魏端本先生帶了兩個孩子，坐在另一團樹陰下。兩個小孩子雖然都還穿的是舊衣服，然而已經是弄乾淨了。那個小女孩子，穿一套白花布帶裙子的女童裝，頭髮梳得清清楚楚的，還繫了一個新的紅結子。正圍著一群人，對他們看著。魏端本手裡拿了一把琴，坐在草地上。李步祥一看奇怪，也就遠遠站著看了下去。

圍著的人，笑嘻嘻地看了他們，那女孩子四處向人鞠躬，也就有人在身上掏出鈔票來扔在地上。小男孩才是三歲多，走路還不大十分穩，他跑過去拾著鈔票，然後作個立正姿勢橫了三個指頭，比著額角，行一個童子軍禮。他上身穿草綠色小褂子，下套黑褲衩，光著腿子赤了只腳，踏著小草鞋，倒不是乞丐的樣子，因之他這份動作，引得全場哈哈大笑。

魏端本道：「謝謝各位先生，再唱兩個歌，我們就休息了。諸位先生，我這也是不得已，小孩子太小，不能多唱。兩個小孩，來，我們先唱《義勇軍進行曲》。」於是男女兩個小孩並排站著，等了拉胡琴過門。魏端本坐在草地上，拉著胡琴。一小段過去，兩個小孩比著手勢，就在人圈子中間唱起來。

這雖是大家耳熟能詳的歌詞，因為是兩個很小的孩子唱，而且又是比著手勢的，所以大家也還感到稀罕。這個歌唱完了，大家鼓了一陣掌，魏端本也點點頭，笑道：「謝謝各位捧場。」

人群中有人道：「小孩兒，再唱一個《好媽媽》，我們買糖你吃。喂！老闆，你再讓他們唱個《好媽媽》。」魏端本點頭道：「好！各位多捧場，小娟娟，唱《我的好媽媽》。」於是兩個孩子站著，他又拉起胡琴來。孩子們唱著，歌詞倒是很清楚的。他們比著手勢唱道：

我的媽媽，是個好媽媽。年紀不多大，漂亮像朵花。爸爸愛她，我們也愛她。

她不作飯，不燒茶，不作衣，也不當家。爸爸沒錢，養活不了她。她不會掙，只會花，爸爸沒錢，養活不了她。

我的媽媽，是個好媽媽。年紀不多大，漂亮像朵花。爸爸愛她，人家也愛她。

她要戴金，要穿紗，要鑽石，也要珠花，爸爸沒錢，養活不了她。別人有錢，供她花，她丟下我們，進了別人家。

我的媽媽，是個好媽媽。年紀不多大，漂亮像朵花。爸爸想她，我們也想她。

她打麻將，打唆哈，會跳舞，愛坐汽車，愛上那些，就不管娃娃。我們沒媽，也沒家，到處流浪，淚流像拋沙。

唱到最後兩句，四只小手，先後揉著眼睛，作個要哭的樣子。全場看的人，鼓了一陣掌。忽然有個女人的聲音叫道：「喲！這兩個小孩唱得多麼可憐。來，小孩兒，我給你們一點錢。」李步祥看時，正是朱四奶奶由人叢裡擠出來，左手握著女孩兒的小手，右手拿了一卷鈔票，塞到她手上。

魏端本卻不認得朱四奶奶，立刻站起來，兩手抱著胡琴，向她連連地拱了幾個揖，笑道：「多謝多謝，要你多花錢。」朱四奶奶道：「這是你的兩個小孩兒嗎？」魏端本道：「是的，太小了，沒法子，唱兩支簡單的歌子，混混飯吃吧。」

朱四奶奶道：「這歌詞是你編的嗎？真夠諷刺的呀！」魏端本搖搖頭笑道：「我也不大認識字，怎麼會編歌詞呢？」朱四奶奶看他穿件舊的藍襯衫，下套短褲衩，還是一根舊皮帶束著腰，不像個沒知識的人。便笑問道：「這兩個小孩的媽呢？」魏端本笑著沒作聲。朱四奶奶就問小娟娟道：「小妹妹，你的媽呢？」她倒是不加考慮，答道：「我媽走了。」賈經理也隨在四奶奶身後，這就走向前笑道：「這還用得著問嗎？聽他們唱的歌就知道了。」

朱四奶奶道：「小妹妹，你姓什麼，叫什麼名字，幾歲了？」她道：「我姓魏，叫娟娟，六歲了。」魏端本就也迎上前來向朱四奶奶拱拱手道：「落到這步田地，我們是非常慚愧的，實在不好意思說出真名實姓來。請原諒吧。」說畢，只管拱手。朱四奶奶在兩個小孩頭上，撫摸了一下，也就走開了。

魏端本抱著胡琴向觀眾作了個圈圈揖，笑道：「多謝各位幫忙。小孩子太小，唱多了，怕他受不了，讓他們去吃點東西，喝口茶。明天見吧，明天見吧。」於是大家也就紛紛而散。

李步祥站在樹後看了很久，驚得呆了。現在見魏端本面前沒人，就走向前，叫了聲魏先生。他道：「哦！李老闆，真是騎牛撞見親家公，倒不想在這裡見著面。唉！言之慚愧。」

李步祥道：「這是怎麼回事？你又不擺書攤子了？」魏端本道：「還不是賺不到錢？我也是異想天開，以為勝利快要到了，將來回家，川資都沒有，我怎麼辦呢？眼睜睜就陷在四川嗎？因為這兩個孩子平常喜歡唱歌，我就想得了這麼一個法子，我拉琴，他兩個唱。」說到這裡，把聲音低了一低，笑道：「小孩子所唱，還有什麼可聽的，也就靠人家看到，生一點同情之心吧。不想糊裡糊塗。這一寶我就押中了。我可以利用這個法子，沿著公路賣唱，賣到江南去。」

李步祥對爺兒仨看了一看，笑著嘆口氣道：「倒沒有想著你們走這條路。小妹妹你認得我嗎？」娟娟道：「我怎麼不認得？那天你給我們廣柑吃的。」魏端本道：「哦！那天孩子病了，悄悄地送孩子水果吃的就是李老闆，我真荒唐，受了人家好處，找不著恩人。」

李步祥伸了手在頭上一陣亂摸，笑道：「這話太客氣。過去的事也不必說它了。你們今天下鄉來，總還沒有落腳的地點。我的家就住在這街後，你爺兒三個就住到我們家去，好嗎？」魏端本把胡琴夾在肋下，抱了拳頭道：「我們現在是走江湖的人了。應當開始訓練到處為家的精神。我今天晚上就住在街上小客店裡，晚上無事，我們坐坐小茶館吧。我要帶孩子吃飯去了。」說著，牽了孩子點頭就走。

李步祥站在廣場上，發呆了幾分鐘。心想：天下事真有這樣巧的。我今天親眼看到魏太太和新愛人坐長途巴士上貴陽去了。我又親眼看到這兩個孩子在這裡賣唱，聽魏先生編的那個歌，是多大的牢騷？

我要把實話告訴了他，他更要氣死。魏太太原也沒有什麼大毛病，就是趕賭趕瘋了。越賭越輸，輸了就什麼錢都肯要。更巧的，是魏端本受了四奶奶的錢，他很感激她。不知道這個女人，也是害了他太太的一個。

他思前想後地呆站了一會，方才回家，回家之後，倒不怎麼掛念生意，倒是魏先生這件事橫擱在心裡，覺得不告訴他實情，心裡悶不住這個啞謎，要告訴他，又怕增加這可憐人的痛苦。悶了大半天，到了晚上，他想著看看他是否還在這個鎮市上，到底還是到街上來張望一下。在街的盡頭，又聽到了胡琴聲。那胡琴的譜子，正是白天所聽到的《好媽媽》。

順了那歌聲走去，只見一爿茶館外面，圍了一群人。那裡正有幾個露天攤販，他們點著長焰瓦壺油燈，在燈火搖搖中，看到魏家兩個孩子，又站在街沿上比著唱著，圍著看的人，都鼓掌叫著好。魏端本坐在人家臺階石上，陪著拉了幾段胡琴。

李步祥因為人家是買賣時間，沒有敢向前去打岔。直等兩個小孩子唱完了，向觀眾要錢的時候，他才由人叢中，緩緩地擠了向前。魏端本坐在臺階石上，正是四處張望著出錢的人，當然李步祥擠出了人群，他就看見了。於是提了胡琴迎向前道：「我兄真是信人，我現在沒事了，請到茶館子裡喝碗茶吧。」李步祥道：「下鄉來，總是沒什麼事的時候，在家裡也無非是睡覺，倒不如來找老朋友談談為妙。」

李步祥和魏端本，實在談不上是什麼老朋友的，可是他說出了老朋友這句話，卻給予了魏端本一種很大的安慰。因為在這個社會上，已經沒有人認他為朋友，更不用說是老朋友這句話了。他握住李步祥的手道：「李老闆，我現在有一個新發現，找著朋友談天，是人生最痛快的事。以前我為什麼沒有這個感想，我倒是不懂。」說著話拉了就向茶館子走。

兩個孩子，各人手上拿了一卷票子，當然也跟過來了。魏端本找了一副避著燈光的座頭，和李步祥謙遜著坐下。李步祥倒是很關心這位魏先生的。坐下來，首先就問道：「老兄爺兒三個，已經吃了飯沒有？」魏端本先嘆了口氣道：「我不是說孩子唱了不再唱了嗎？那為什麼又唱呢？就是為著今天這頓晚飯，把錢吃得太多了。今天晚上我們是過得痛快，明天一早起來，就沒有錢了。所以預為之計，我們今天晚上再唱幾個錢，晚上就睡得著覺，明天睜開眼來，每人兩個燒餅是有著落的了。」

李步祥道：「魏先生，你難道手上一個錢都不存著。萬一天陰下雨，兩個小朋友，沒有地方去賣唱的時候，你又怎樣的混日子過呢？」魏端本道：「我們還分什麼天陰天晴，隨時隨地但凡看著能掙一碗稀飯的錢，我們就動手了。」

李步祥默然地喝著茶，和魏先生相對看了幾分鐘。這兩個孩子，坐在桌子橫頭，他父親將茶碗蓋舀著茶，放到他們面前，他們把蓋子裡茶喝乾了，他又續舀一碟蓋茶送過去。李步祥伸手在那男孩子頭上摸了兩摸，笑道：「小朋友，《好媽媽》那個歌，你唱得真好。大概聽了這歌的人，都給你幾個錢吧？」他道：「我們還有買黃金呢。」李步祥望了魏端本道：「這話怎麼說？」魏端本道：「為了迎合人心，又要他們容易上口，我和他們編了幾個歌。除了一個《好媽媽》而外，還有一個歌叫《買黃金》。」

李步祥輕輕地握了男孩兒的肩膀道：「小兄弟你就唱一個《買黃金》我聽聽看。」那小孩子倒是唱慣了，說唱就唱。他站在桌子邊兩手拍著比著唱起來道：

買黃金，買黃金，個個動了心。

黑市去賣出，官價來買進，只要守得緊，一賺好幾成，什麼都不幹，大家買黃金。
買黃金，買黃金，個個變了心。
買米錢也成，買布錢也成，借私債也成，挪公款也成，只要錢到手，趕快買黃金。
買黃金，買黃金，瘋了多少人。
半夜去排隊，銀行擠破門。滿街兜圈子，各處找頭寸，天昏又地黑，只為買黃金。
買黃金，買黃金，害死多少人。
如瘋又如痴，不餓也不冷，就算發了財，也得神經病，若是不發財，人財兩蝕本。
買黃金，買黃金，瘋了大重慶。
家事不在意，國事不關心，個個想黃金，個個說黃金，有了黃金萬事足，黃金瘋了大重慶。

李步祥聽著點了兩點頭道：「魏先生編的這個歌，倒是有心勸世的。可是作黃金的人，誰不發個小財？誰聽你這一套？」

魏端本回轉頭在前前後後幾張桌子上看了一看，然後指了鼻子尖低聲道：「作黃金的人都發財，那倒不見得吧？譬如我，就窮得沿街賣唱。假如我不想黃金，我不會吃官司，也許我那位摩登太太，還不能馬上就跑。」李步祥聽到他對太太還作原諒之詞，就細聲嗤嗤地一笑。

魏端本道：「我這話不是事實嗎？李老闆……」他點點頭道：「你說的都是事實。不過過去的事，你也不必老掛在心上。依我的意見，你還是去找點正經事作。這樣帶著孩子賣唱，不是個辦法。」

魏端本道：「我不願在重慶住下去了。我打算帶著這兩個孩子，順了公路，一路往前唱。大概我們賣唱週年半載，日本軍隊也就垮了，到那個時候人家發財回家，我們討飯回家還不成嗎？」李步祥聽到這裡，他很表示興奮，將桌子一拍低聲笑道：「提起回下江我告訴你一件買賣，你也可以做，就是把大後方的法幣帶到淪陷區去。先在交界的地方換了偽幣，然後買了金子回來，可以大大的賺錢。」

魏端本笑道：「老兄，還是買金子。這個夢，我已經醒了。各人有各人的命。」李步祥道：「那你太不成。作生意買賣，有賺錢的時候，也就有蝕本的時候，蝕了一回本，就撒手不幹，那作生意買賣的人，都只有改行了，試問，有多少商人一次都不蝕本的。」

魏端本道：「的確也是如此。不過見仁見智，各有不同，我以為這個看家本領，也沒有什麼錯。至少我吃飽了飯睡覺，睡得著，吃不飽呢，我也睡得著。李老闆，你是沒栽過跟頭的人，對我的意思，你是猜不透的。」李步祥聽了他這樣說著，自也不便跟著再問什麼。

喝了一陣茶，因問他父子三人在哪裡安歇，明天下山到街上來請他爺兒仨到家裡吃早飯。並約定了，沒有什麼好菜，只買兩斤牛肉，燒番茄給孩子們吃。兩個孩子聽說有紅燒牛肉吃，都睜大了眼望著。小娟娟就指了茶館樓上說：「我們就住在這裡。」李步祥真同情這兩個孩子，就再三叮囑魏端本明日早上在茶館裡等著。然後告辭而去。

魏端本雖是這樣地約了，他可是天不亮就起來了。這種茶館樓上的小客店，一間屋子，搭上好幾個鋪，屋裡還有別的客人在睡。他也不能把別人吵醒，借了紙窗子上一點混沌的光亮，看到兩個孩子橫斜地躺在床鋪上睡得很熟。這就彎下腰去，對著兩個孩子的耳朵，輕輕地叫道：「起來起來！我們就去吃紅燒牛肉了。」兩個孩子聽到吃紅燒牛肉，都是一翻身坐了起來。

魏端本只有一個布包袱，昨晚是包好了的，放在頭邊當枕頭，這時提了起來，帶著孩子就下樓出門。因為店錢昨日就付了的，所以也並沒有什麼耽誤，徑直地走。

鄉下人雖然是起得早的，但是因為魏端本過於的起早，天色還是混混的亮，兩三個大星點，在屋角上掛著，街上的鋪子，一大半還沒有開門，街上只是三五個挑籮擔的人，悄悄地走著。

魏端本騰出一隻手牽了小的男孩子走。女孩子娟娟跟在後面，卻只管揉眼睛。她問道：「爸爸，我們到哪裡去吃紅燒牛肉？」魏端本道：「我們到那李伯伯家裡去吃紅燒牛肉，他很喜歡你們的。」他口裡說著向李步祥家去，可是他帶著孩子背道而馳，卻是離開南溫泉，走向土橋鎮。

這是黔渝公路上一個小站，附近有不少下江人寄住，倒也是個可以賣唱找錢的地方。兩個小孩子以為立刻可以吃得紅燒牛肉，大為高興，小渝兒跳著道：「那個李伯伯，喜歡聽《好媽媽》，我們唱著到他家去吧。姐姐，好不好？」娟娟還沒有答應，他先就唱了。沿山公路上，靜悄悄地並無人影，只有樹下草裡的蟲吟。一道低矮的淒涼歌聲，順了公路遠去：「她打麻將，打唆哈，會跳舞，愛坐汽車，愛上那些，就不管娃娃。」

第十一回　黃金變了卦

魏端本流落到沿村賣唱，本來是很歡迎李步祥作個朋友。不料幾句話談過之後，他又談到買金子，而且要到淪陷區去買金子。魏端本對於買金子這件事，簡直是創巨痛深。這樣的朋友，還是躲開一點的好，不要又走入了魔道，所以他帶了兩個孩子，又另闢第二個碼頭了。

也許是他編的幾支歌很能引起人家的共鳴。他父子三人，每天所唱的錢，都能吃兩頓飯的。他順著公路，走一站遠一站，不知不覺地走到了綦江縣。這裡是個新興的工業區，而根本又是農業區，所以這個地方，生活程度，要比重慶便宜好幾倍。他既很能掙幾個錢，而且負擔也輕得多。他很有那個意思，由這裡賣唱到貴陽去。

有一天上午，魏端本帶了兩個孩子坐茶館。小娟娟要買水果吃，就給了她幾張票子讓她自己去買。去了十來分鐘，水果沒有買，她哭著回來了。魏端本迎著她問道：「怎麼著，你把錢弄丟了嗎？」她舉著手上的票子道：「票子沒有丟。我看到了媽媽。我要媽媽。」說著，又嗚嗚地哭起來。

魏端本道：「你看錯了人，你不要想她了，她不要我們的。」娟娟道：「我沒有看錯，媽媽在汽車上叫我的。你去看嗎，她在那大汽車上。」說著，拖了他的手走。

魏端本道：「孩子你聽我的話，不要找她，我們這不過得很好嗎？」娟娟道：「我要媽媽，我要媽媽，媽媽叫我回重慶去找她。我們去坐大汽車。」她這樣一說，小渝兒也叫著要媽媽，同時也咧著嘴哭起來了。

魏端本的左手，是被女兒拖著的，他索性將右手牽了小渝兒，徑直就向娟娟指的地方走去。這裡前行不到五十步，就是汽車站，在車站的空場上，還停留著兩部客車，但車子是空的，娟娟拉著父親，繞了兩部客車，轉了兩個圈子，她將手揉著眼睛道：「媽媽走了。」

魏端本被孩子拉來的時候，心裡本也就想著，這時若是看到了田佩芳，倒是啼笑皆非，說什麼都不妥當，現在車子是空的，心裡倒落下一塊石頭。便向娟娟道：「我說你是看錯了人吧？她不要我們，我們又何必苦苦地去想她。」他口裡這樣說著，兩隻眼睛，也是四處地掃射。

這時車站上有個力夫，也在空場上散步，就向他笑道：「剛才到重慶去的車子，是有一位女客扒在窗子上叫這小孩子的。你們這個小女孩叫她媽媽，她又不下車來，我們看著也是一件怪事。」

魏端本道：「果然有這件事。這部車子呢？」力夫道：「開重慶了。你問這女孩，那位太太，不是叫她到重慶去找她嗎？」魏端本順著向重慶去的公路看了一看，不免嘆上一口氣。兩個小孩看著沒有車子，沒有人，自也不拉著父親找媽媽。

魏端本再三和著他們說好話，又買了水果給他們吃，才把他們帶回了寄住的小客店。可是由此一來，娟娟就要定了媽媽。雖然每日還可以出去賣唱，她一引起了心事，就要找媽媽了。

魏端本感到孩子想唸得可憐，就把所積攢的錢，買了一張車票，帶著孩子回重慶。他自流浪以來，已經不大看報了。只是坐茶館的時候，聽了茶客們的議論。好在是勝利日近，倒不必像以前那樣擔心不會天亮。但有人談起報上的材料，他還是樂於向下聽的。他帶著兩個孩子在綦渝通車上的時候，恰好是機會極好，車子並不擁擠，兩個不買票的孩子，也共占著一個坐位。座上的旅客們，也是因車上疏落，情緒愉快，大家高談著新聞。事情是那樣不湊巧，議論的焦點，又觸到了黃金。

魏端本不要聽了，偏過頭去，看窗子外的風景。忽然聽到有個人重聲道：「這真是豈有此理，政府作事，也許這個樣子的嗎？」回過頭來看時，座客中一個穿西服的人，手上捧了一張報看，臉色紅紅的，好像是很生氣。隔座的一位老先生問道：「有什麼不平的新聞？劉先生。」那人道：「這是昨晚到的《重慶報》，上面登著，買得黃金儲蓄券的人，到期只能六折兌現。這玩笑開得太大了。」那個老頭子聽了這話，立刻臉上變了顏色，睜了眼睛問道：「真有這話，請你借報給我看看。」這穿西裝的嘆口氣，將報遞了過去。

這位老者後身，有位坐客，早是半起了身子，瞪了雙眼，向報上看著。口裡唸著新聞題目道：「財政部公布，黃金儲券，六折兌現。」他將手一拍椅子道：「真糟糕，賠大發了，賠到姥姥家去了。」他是個中年人，穿了件對襟夏布短褂，三個口袋裡，全裝了東西，禿著一個光和尚頭，他說一口純粹的北方話，倒是個老實樣子。他猛可地這樣一失驚，倒把前座的老者，也嚇得身子一哆嗦。但是他受了黃金儲蓄六折兌現的刺激，已經沒有工夫，過問其他的事情，立刻在衣袋裡取出眼鏡，在鼻子上架起。

年老人看報，有這麼一個習慣，眼裡看報，口裡非念不可。他像老婆婆唸佛似的，本來聲音不大，旁人是聽不到的，可是唸到了半中間，故作驚人之筆，大聲念道：「自即日起，凡持有到期之黃金儲蓄券，一律六折兌與黃金，但僅儲蓄一兩者，免與折扣。」他唸到這裡，車座上又有一個人插嘴了，他道：「我活該倒楣。我換了四個金戒指，共是一兩掛零。共得了八萬元。自己再湊兩萬現鈔，定了二兩黃金儲蓄，滿以為一兩變二兩，這是個生意經，於今打六折，二六一兩二錢，還要四五個月以後才兌到現金。二萬元多買二錢金子，根本就蝕了本，再加上六個月的一分利錢，我太吃虧了。我太吃虧了。」

那老者放下了報，兩手取下了眼鏡，對這說話的看了一眼，淡笑道：「你老哥算便宜，一兩金子出，一兩金子進，不過不賺錢，那還罷了，有人變賣了東西來作生意的，有人借了錢來套金子的，那才是算不清的帳呢。」他這幾句話，似乎引起同車人的心病，有好幾個人在唉聲嘆氣。

大概這裡滿車的人只有魏端本一人聽了，心裡舒服，他想著：我姓魏的為了想發黃金的財，弄得這樣焦頭爛額。總以為倒楣就是我一個人。照著現在這樣子看起來，大概除了只作一兩黃金儲蓄的人，大家心裡都不大舒服，這倒是讓人心裡平穩一點。所以大家在車子裡談論黃金券六折兌現的消息，罵的罵，嘆氣的嘆氣，他倒是作了個隔岸觀火的人靜靜地坐了聽著。

由綦江到重慶，大半天的路程都讓座客消耗在批評金價的談話中。直到最後一站，才把討論黃金問題終止。魏端本心裡也就想著：當黃金漲價的日子，重慶來了一陣大風雨，大家都為了想發財而瘋狂，現在黃金六折兌現，大家又要為蝕本而瘋狂了。田佩芝迷戀的那些黃金客，都在失意中，也許她會有點覺悟。他這樣地揣想著，倒是很放心地又回到他那冷酒店後的吊樓上去。

因為他所租的那房子是四個月一付租金，人雖窮了，房子是預租下的，他還可以從容地住下。將近一個月沒有回來，屋子當然要打掃整理一下。自己只管在屋子裡收拾一切，就沒有理會到兩個孩子。這就聽到陶太太的聲音在外面笑了進來道：「好極了，魏先生把兩個孩子都帶回來了。雖然孩子是晒黑了，可是身體長結實了，也收拾得乾乾淨淨的，這倒是讓人看了歡喜。」說著話，她牽了娟娟走進屋子來。

魏端本見她蓬著頭髮，腦後挽了個橫髻子，臉上黃黃的顴骨頂了起來，身上穿的一件舊藍綢的袷子，那年齡絕不比抗戰時間還短，已是有許多灰白的斑紋透露了出來。尤其是她牽孩子的那隻手，已略略泛出一片細的魚鱗紋了。便嘆了口氣道：「陶太太你辛苦了。陶先生還沒有回來。」陶太太道：「他不回來也好，我自食其力的，勉強可以吃飽，不打人家的主意，也沒有什麼焦心的事，晚上睡得很香，夢都不作一個。那些作黃金生意的人，前兩天聽到黃金儲蓄券要打折扣。買的期貨還要上稅，大家已急得像熱石頭上的螞蟻。昨天報上，正式公布這消息，我看作金子買賣的人，還不是吊頸投河嗎？」

魏端本笑道：「也還不至於到這種樣子吧？」陶太太道：「一點也不假。常常到我家賭錢的那位范寶華先生，他就垮了。」魏端本聽了這話，竟是個熟人的消息，他就放下了桌子不去擦抹，坐在床沿上，望了陶太太道：「他很有辦法呀，怎麼他也會垮了。」陶太太道：「這就是我願和魏先生談的了。」

說著，她將方桌子邊一把方椅子移正了，對主人坐著。她似乎今天是有意來談話的。魏端本取出一盒壓扁的紙菸，兩個指頭夾了一支彎曲著的菸出來，笑道：「陶太太吸一支嗎？我可是蹩腳菸。」她搖搖頭道：「賣菸的人不吸菸。若是賣菸的人也吸菸，幾個蠅頭小利，都讓自己吸菸吸掉了。」魏端本道：「彷彿陶太太以前是吸菸的。」她笑道：「為了賣紙菸，我就把菸戒了。不過我相信賣菸的人自己也吸菸，那就發了財了。」

魏端本吸著紙菸，笑道：「我是垮臺了。我也願意知道人家有辦法的人，是怎樣垮臺的。」陶太太道：「詳細情形，我也是不大知道，只因他家的老媽子吳嫂，找到我家來了。那大概是李步祥老闆，告訴她的地點的，她倒不是找我。她是找……」說到這裡，陶太太感覺到被找的人，不好怎樣去稱呼。娟娟和小渝兒，正在屋子角上，圍了一把方凳子疊紙塊兒。她就指了兩個小孩子道：「那吳嫂來找他們的媽媽的。」

魏端本問道：「她兩人怎麼會認識的呢？」陶太太笑道：「過去的事，你也不必追究，好在你們已經拆了夥了。過去娟娟的媽，是常到范先生那裡去賭錢的，所以她們認識。這吳嫂來找娟娟的媽，也不是別事，因為吳嫂也和范先生鬧翻了。范先生最近認識一個會跳舞的女人，叫著什麼東方曼麗的，同到成都去玩了一趟。回來之後，這個東方小姐，就住到范先生家裡去了。吳嫂是給范先生管家管慣了的，現在來了一位女主人，她怎樣受得了？和范先生爭吵了兩場，范先生倒還能容忍，東方小姐可把她開除了。她認識娟娟的母親，希望她能和她報仇。她以為你們還住在這裡，所以找到這裡來。我沒有告訴她田小姐住在哪裡，她倒是把范先生的情形，說得很多。她說范先生昨天得了金子打折扣兌現的消息，上午在外面亂跑。下午不跑了，在家裡一個人喝酒，喝得醺醺大醉。那個東方曼麗並不管他，出去看電影去了。她雖然是被開除了，天天還是到范家去的。」

魏端本道：「這樣說來，這位范先生倒是內憂外患一齊來，那不管他了。陶太太提起了姓田的，我倒要托你一件事。她最近不知由什麼地方坐長途巴士回重慶。路過綦江的時候，看到了娟娟，她叫娟娟到重慶找她。我實在是願意把她忘記了，無奈這兩個孩子，日夜吵著要媽媽，我實在對付不了。她既叫孩子來找她，或者有什麼用意，請你去問問她看。」陶太太想了一想，笑著搖搖頭道：「她住在朱四奶奶那裡，我怎麼好去？不過我可以托那個吳嫂去，她不正要找她嗎？」

魏端本道：「我倒不管哪位去，只要知道她的態度就行。」陶太太看看魏先生穿的一套灰布中山服，已洗得帶了白色。臉子黃瘦著，雖是平頭，那前部頭髮，也長到半寸長。這樣的人，還想那漂亮太太回頭，當然是夢想。不過作鄰居一場，自也願意在可能範圍內幫忙。

她下午因在家裡作點瑣事，沒有出去擺菸攤子，這就決定索性不擺攤子了。和魏端本談了一會，就逕直到范寶華家來。拍了很久的門，才聽到門裡慢吞吞地有人問著：「哪一個。」陶太太道：「我姓陶，找范先生談話。」門開了正是老范本人。他已不是平常收拾得那樣整齊。蓬著頭的分發，兩腮全露出鬍樁子的黑影，唯其如此，也就看到兩腮的尖削，眼睛眶子大了，睜著眼睛看人。他上身只穿了件紗背心，一條拷綢褲子，全是皺紋，赤腳拖了一雙拖鞋，站在天井中間。

陶太太還笑著向他客氣幾句。范寶華搓著手道：「陶太太，我們似乎沒有什麼債務關係吧？」陶太太呆了一呆，答不出來。他笑道：「這是我神經過敏，因為這兩天和我要債的太多了。你是從來不來的人，所以我認為你是來要債的。」她笑道：「我們窮得擺菸攤子，怎麼會有錢借給人，恐怕連借債都借不到呢。我是來和范先生談談的。」范寶華道：「那好極了。」說著，引了陶太太到客堂裡坐，自己倒了杯茶放在茶桌上。

陶太太道：「吳嫂也不在家？」范寶華坐在她對面椅子拍了兩下腿，嘆口氣道：「我什麼事都搞壞了。她辭工不幹了。不過她有時還來個半天，原因是我給的錢沒有給夠。」談到錢，說著又拍了一下腿道：「我完了。我沒有想到人倒楣黃金會變成銅。這幾個月，我押的是黃金孤丁，所有的錢，都做在黃金儲蓄上了。」

陶太太道：「雖然打個六折兌現，據許多人說還是不會蝕本的。」范寶華搖了兩搖頭道：「那是普通的看法。像我們這類黃金投機商人，就不同了。我們把黃金儲蓄券拿到手，是送到銀行裡去抵押借款的。借了款，再作儲蓄。一張儲蓄券，套借個三次四次，滿不算回事。所以買五十兩黃金儲蓄，手裡剩著沒有套出去的最後一部分，不會有二十五兩，大部分是押在銀行裡的。銀行裡是十一分息，一兩黃金賺對倍的話，借五個月，利上加利，就把黃金折乾了。這個錢只能借兩三個月趕快把黃金儲蓄券賣了，還了債，可以弄回一部分黃金。」

陶太太雖也是個生意經，但對於這個說法卻是完全不懂。只有望了他不作聲地笑著。范寶華道：「那也許你不懂，我簡單的告訴你吧。大概一兩黃金儲蓄押了款再去套買黃金，至多可以套出來八錢，另付一成的利錢，事實上是大一半資本，小一半借款，一兩黃金，可以變成一兩六七。若套第二次，照例減下去，就只能套五六錢，利錢也要加多，而且套做的日子不能過長，不然的話，套來的黃金，就賠到利息裡去了。現在黃金儲蓄券要打個六折，就一點也套不著了。套不著也事小，還得給銀行的利錢。銀行老闆，算盤比我們打得精。原來一兩黃金值三萬五的時候，他押借給你兩萬元。預備那一萬五算利錢。於今打六折，三六一萬八，五六三，一兩黃金儲蓄券，只值兩萬一千元了。他押借一個月，就把黃金儲蓄券全部充帳，也賠本了，他怎麼肯幹呢？」

陶太太點點頭道：「這個算我懂了。可是黃金黑市，現在是七八萬啦。他有黃金儲蓄券在手上，還怕拿不回兩萬元的押款嗎？」范寶華道：「你是知其一不知其二。黃金儲蓄券，要半年後才能兌現。此其一。六個月後，黃金六折兌現，就合八萬的黑市，也是六八四萬八。此其二。五個月的利息和複利，正好是對本翻個身，六個月呢，可就把四萬八全沖消了。萬一黑市跌了，銀行裡豈不要賠本？此其三。人家銀行營業，最怕是資金凍結。現在黃金儲蓄券一打六折，沒有人再收買了。銀行裡也沒法在這上面打主意。人家押在銀行裡的黃金儲蓄券，都只好鎖在保險箱子裡，完全凍結，此其四。」他這些話，算解釋得很明白，陶太太也聽懂了。她還沒有答覆呢，天井裡有人答道：「好極了，我要說的話，范先生都和我說了。」

陶太太向外看時，進來一位五十上下的人，身穿藍夏布大褂，頭上倒是戴了一頂新草帽，手裡握著一支長旱菸袋。臉色黃黃的，尖著微有鬍樁子的兩腮，像個大商店的老闆。范寶華笑著相迎道：「難得難得，賈經理親自光臨。」那人走了進來，老范就向陶太太介紹：「這是誠實銀行的賈經理。」

賈經理見陶太太是中年婦女，穿件舊拷綢褂子，又沒有燙頭髮，只微微點了個頭。立刻回轉臉來向老范道：「無事不登三寶殿。這個比期，我們有點兒調動不過來。老兄的款子，我們有點不能勝任了，你幫點忙吧。」他說著，取下頭上的草帽，脫下大褂，露著短袖子汗褂。他就自行在椅子上坐下了。看那樣子，大有久坐不走之勢。

范寶華倒是很客氣，給他送茶又送菸，賈經理將旱菸頭撐在地上，菸袋嘴含在口裡，半側了身子望著主人，嘴要動不動地吸著菸。范寶華坐在他對面，兩手搓了幾下，苦笑著道：「這是誰都不會想到的事，黃金會變卦。事先一點準備沒有，把所有的錢都押在黃金這一寶上，於今變了卦，哪裡有錢去挽回這個頹勢。不得了的，也不是我一個人。」賈經理聽了這話，將腳在地面上一頓，皺了雙眉道：「老弟臺，我們幫你忙，你不得了可連累了我們啦。」

范寶華道：「一家銀行，在乎我這千兒八百萬的？」他道：「拿黃金儲蓄券抵押的，難道只你姓范的一人。朱四奶奶介紹來的就是一千多兩。此外的更不用說。我們凍結了兩億，這真要了命。」說著，他重重地在大腿上一拍。

第十二回　失敗後的麻醉

在勝利的前夕，億這個數目字，還是陌生的名詞，甚至一億是多少錢，還有人不能算得出來。這時賈經理說他在押款上，凍結了兩億。陶太太料著這是個無大不大的數目，不免翻了眼向他望著。賈經理繼續地向范寶華道：「老弟臺，你不能不作表示，現在黃金上絲毫打不出主意。得在別的物資上打主意。你還有什麼貨沒有，希望你拿出來拋售一點。」范寶華道：「反正……反正……」他說著這話站起身來，兩手搓著，臉上泛出了苦笑，嘴角只是亂動。

賈經理對陶太太看了一眼，心裡也就想著：這女人老看我幹什麼？我還有什麼毛病不成？范寶華也覺得有許多話要和賈經理說，當了陶太太的面，有些不便，這就向她笑道：「你是不是商量你那批貨要出手的事？」他說著話，可向她睜了眼望著。陶太太聽他這話，卻不明白他用意何在。可是看他全副眼神的注意，知道他是希望自己承認這句話的，於是向他含糊地點了兩點頭。范寶華道：「不要緊。雖然這些時候，百貨同煙都在看跌，可是真正要把日本人打出中國，那還不知道是哪年哪月的事。現在貨物跌價，是心理作用，只要過上十天半個月，戰事並沒有特大的進展，物價還要回漲的。」

賈經理在一旁聽到這話，心裡頗有所動，因為他想到合作生意的人，一定是穿著很樸素的。禁不住插嘴問道：「陶太太有什麼存貨？」范寶華道：「有點兒紗布。」賈經理急道：「那是好東西。若願意出手，我們可以商量商量，我路上有人要。」范寶華還想向下面說什麼。可是陶太太覺得范寶華這個謊撒得太沒有邊沿。笑道：「我還有點事。這買賣改日再談吧。」說著，就向外面走。范寶華也就隨在後面跟了出來。

站在大門外，回頭看了一看，不見賈經理追出來，這才笑道：「陶太太，你特意到我這裡來，總有點什麼事要商量吧？」陶太太道：「我想和你們家吳嫂說兩句話，希望她到我家裡去一趟。」范寶華道：「也許我有事請你幫忙，這位賈經理逼我的錢，逼得太厲害。」陶太太道：「那是笑話。銀錢上……」她這句沒有說完，賈經理已經由大門裡出來了。范寶華頭也不回。他聽到了腳步響，就知道是債權人來了。立刻接了嘴道：「你放心。銀錢上絕不能苟且，你的貨交出來了，我就交給你錢，我們貨款兩交，你有事請先回去吧，我們貨款兩交。」說著，他又催她走。陶太太也不知道他是什麼用意，只好含糊地答應著走了。

賈經理再邀著老范回到屋子裡去坐，先笑道：「那陶太太的貨，大概你有點股子吧？你若是能夠分幾包紗給我，我就把你的款子，再放長一個比期。這在老兄也是很合算的事。」范寶華道：「你幫我的忙，我一定幫你的忙，就是黃金儲蓄券這種東西，也各人看法不同。我們怕黃金價值向下垮，可是人家也有寶押冷門，趁這個時候，照低價收進的。只要夠得六萬一兩，我立刻拋出一二百兩，也就把你的錢還了。」

賈經理皺了眉道：「那些海闊天空的事，我們全不必談，你還是說這批貨能不能賣給我一點吧。」范寶華低頭想了一想，笑道：「我明天上午到你行裡去談吧。」賈經理道：「你若肯明天早上來找我，我請你吃早點。我行裡附近有個豆漿攤子，豆腐漿熬得非常的濃厚，有牛乳滋味。再買兩個燒餅，保證你吃得很滿意。」范寶華笑道：「銀行經理賞識的豆漿攤子，一定是不錯的。不過我明天也願意作個小東，請賈經理吃早點。我請的是廣東館子黃梅酒家。」賈經理笑道：「范老闆自然是大手筆，我就奉陪一次吧。時間是幾點？」范寶華就約定了八點鐘。賈經理看他這情形，似乎不是推諉。又說了一陣商業銀行的困難，方才告辭而去。

范寶華對於賈經理所說的話，腦筋裡先盤旋了一陣，然後拿了一張紙一支鉛筆，伏在桌子上作了一陣筆算。最後他將鉛筆向桌上一丟，口裡大喊著道：「完了完了！」在這重疊的喊聲中，李步祥在天井裡插言道：「真是完了。」他上身只穿了件紗背心，光著兩隻大胖手臂，夾了中山服在肋下，手上搖了把黑紙扇，滿頭大汗地走了進來。他站在屋子中間，將扇子搖了兩下，又倏地收了起來。收了之後，唰的一聲，又把扇子打開來，在胸面前亂扇著。

范寶華道：「你有什麼不得了。你大概前後買了四十兩黃金儲蓄券，後來押掉二十兩，又套回十二兩，共是五十二兩。打六折，你還有三十一兩。還二十兩的債。」李步祥道：「不用說，還有十一兩，就算我的黃金儲蓄券，全是二萬一兩買的，五十一兩，也得血本一百零二萬，再加上幾個月的利錢，怕不合一百好幾十萬。十一兩金子兌換到手，能撈回這些個錢嗎？何況我有三萬五買進的一大牛，這簡直賠得不像話了。我還有個大漏洞……前些時陳夥計約我闖過封鎖錢，到淪陷區去套金子。我把手上存的，三十兩黃金儲蓄券，又抵押掉了，變了現鈔。天天說要走，天天走不成，現鈔又不敢存比期，還放在押款的銀行裡，預備隨時拿走。三十兩金券，押了一百萬元，真不算少，我得意之至。原來是三萬五買的，本錢只合一百零五萬罷了。好了，一宣布打六折，變成了十八兩。就算照新官價五萬計算，一五得五，五八四，共九十萬，也蝕血本一十五萬。九十萬金本，就差押款十萬，半個多月利錢，又是十萬。銀行裡拿著我那金券越久越蝕本，我存的款子，自然不許提。今天下午我去交涉，要我再補還他們二十多萬，才可以取回儲券。不然，黃金儲蓄券他們留下，讓我提八十萬元了事。三十兩黃金，變成八十萬元法幣，你說慘不慘？而且我這個錢是湊合來的。有的是三萬五萬借來的，有的是賣掉一些貨的錢。借的錢要付利息，賣貨的錢，也當算子金。八十萬元，經得幾回這樣重利盤剝？我怎麼不完？」

范寶華苦笑著道：「我比你戲法翻得更凶。我又怎麼不完。唉！」他說唉時，李步祥也說唉。兩人同聲地叫出這個唉字，一個是拍著桌子，一個是拍著手。節奏倒是很合適的。就在這時，和范先生同居未久的東方曼麗小姐回來了，她穿著一件漂亮的黑拷綢長衫，露出兩條白藕似的手臂。下面是光腿赤腳，穿著黑漆皮條捆綁著的高跟鞋，腳指甲露出在外面，全是塗了蔻丹的。頭髮蓬著由前到後，卻用一根綠綢辮帶子捆了個腦箍，在頸脖子後面，紮了個孔雀尾。左手臂上掛了吊帶大皮包，右手拿了一柄白骨花紙小扇子，在胸前不住的揮動。她皮膚很白，似乎沒有搽粉，而僅僅在臉腮上塗了兩個大胭脂暈。這樣，更現著她有天然風韻。

她到了屋子裡，將小扇子收起，把扇子頭比了嘴唇，先向人笑了一笑。唇膏塗得很濃的嘴唇裡，露出兩排整齊潔白的牙齒，那也是很嫵媚的，范寶華也笑了。她問道：「你兩人像演戲一樣，同時嘆著氣，有什麼不如意的事？」李步祥猜著，老范一定會在她面前說出一套失敗生意經來的。然而他沒有說，他繼續地嘆了口氣道：「重慶市上，找女傭人真不簡單。能用的，全是粗手粗腳，什麼也不懂，要找個合適的人，要像文王訪賢似的去訪。你不在家，什麼事沒有人管。你在家裡，又沒有人侍候你，這個局面老拖下去，家裡是個無政府狀態，我怎樣不唉聲嘆氣呢？」

曼麗笑道：「就為的是這個，那沒有關係，你別看我是一位小姐，家庭裡洗衣作飯，任何部門的事，我都可以做。今天下午，買菜也是來不及了，我們去吃個小館吧。」范寶華道：「好的好的，我陪你去，你先去休息休息。」

曼麗提了皮包上的帶子，態度好像是很自在的，將皮包搖晃著，向樓上走去。走了幾步，她又回轉身來，笑問道：「大街上有了西瓜，你看見沒有？重慶，有西瓜，還是這兩年的事。現在的西瓜，居然培養得很好。」范寶華道：「好的，我馬上去買兩個來，先放在水缸裡泡上。在重慶吃西瓜，還是有點兒缺憾，想找冰凍的西瓜是沒有的。」說著，他打開桌子抽屜，取了一把鈔票在手，就向大門外走。

李步祥跟了出來，笑道：「老范，你滿肚子愁雲慘霧，見著東方小姐就全沒有了。」他笑道：「你怎麼這樣糊塗，在新交的女友面前，誰不是盡量的擺闊？我們向人家哭窮，人家會幫助我們一萬八千嗎？」李步祥道：「幫助的事，當然是不會有。手頭上分明很緊，反而表示滿不在乎，那不能取得人家的諒解呀。人家要花錢，你可要咬著牙齒供給。」范寶華和他走著路，不由得站住了腳，向他笑道：「你看她長得是多麼美？在她的態度上，在她的言談上，沒有一樣不是八十分以上的，我只要有錢，我是願意給她花，反正是不得了的，花幾個錢，落一個享受痛快，有什麼不幹？不得了，也無非把我弄成光桿，像我逃難到重慶來時的情形一樣。我還能再慘下去嗎？」他這樣一說，李步祥倒沒有什麼可說的了，只是呆呆地跟著。

二人買好了瓜走回來，一會兒工夫，東方小姐笑嘻嘻地走了來，挨了范寶華坐著，伸手拍了他的肩膀，笑道：「老范，我們到郊外去玩玩，好不好？」他笑道：「剛才你還說吃小館子，這個時候怎麼又要到郊外去呢？」曼麗笑道：「不但是郊外，還要過江。今天晚上南山新村一個朋友家裡有跳舞會，我們應當去參加這個跳舞會。」

范寶華笑道：「城裡新開了好幾處舞場，要跳舞很便利的，何必要涉水登山，跑到南山新村去呢？」曼麗笑道：「要跳舞，就痛痛快快狂跳一夜，什麼都不要顧忌。在城裡跳舞，過了十二點鐘就差勁了，舞場裡慢慢的人少下來，就是人家家裡，到了兩點鐘，也不能維持了。我覺得那最是差勁，倒不如早點回家去的好。」說著，伸手摸著范寶華的頭髮，像是將梳子梳理著似的，由前門頂一直摸到後腦勺下邊去。

這個手法，看起來是很普通的，可是這效果非常的靈驗，在摸過幾下之後，范寶華就軟化了。他點了頭笑道：「好的，我就陪你到南山新村去玩一晚上。老李，你也跟我到南山去好不好？」他說著話，偏過頭來向李步祥望著。他喲了一聲，抬起手來亂摸了和尚頭，笑道：「我沒有那資格，我沒有那資格。」說著，拿了搭在椅子背上的衣服，起身就要走。

范寶華笑道：「你不去就不去吧，我也不能拉了你走，你還有什麼事和我商量的沒有？」他站在屋子中間呆了一呆，因道：「我當然有話和你商量，可是也不是急在今日一天的事情，明天上午，你由南岸回來，我再來找你吧。」說著，他向外走了幾步，復又回轉身來，手亂摸著頭道：「還是，我說出來吧。我在萬利銀行，也抵押了五兩。我知道你上過那何經理的當。不過他自己也在金磚上栽了個跟頭。

為了挽救信譽起見，最近營業作得好些了，而且拿黃金儲蓄券押給他們，又不是存款，所以我倒放心做了。現在我又有一點嘀咕了，我五兩金子，只押了十萬元，太便宜了。他們可能是吸收大批小股黃金儲蓄券抵押，再向別家同業套了更多的頭寸。』范寶華笑道：「最好是你到萬利銀行去看看。」笑時，他只管歪了嘴角。

李步祥一看范家牆上的掛鐘，還不到三點三刻。這個時候，銀行還不會下班，可以趕去看看。於是也不和范寶華再談什麼，徑直地就奔萬利銀行。

這家銀行，還是像前兩個月一樣，開著大門，櫃檯前面，並沒有一個顧客。便是櫃檯裡的那些職員，也是各人坐在桌子邊，看報吸菸。李步祥走到櫃檯邊，還設有開口，一個銀行職員，就笑盈盈地迎著道：「鐘點已過，請你明天來吧。」李步祥道：「鐘點已過，你們怎麼還開著門呢？而且，我也不是來提款的。」那職員紅了臉道：「本來是鐘點已過。管門的勤務有事出去了，所以還沒有關門。」李步祥心裡有三個字要說出來：不像話，但是忍回去了。點點頭道：「那也好，我明天來吧。說起來，各位也許知道這個人，就是范寶華先生，他托我來問兩句話，他和你們有來往的，後來中斷了。現在還想和你們作點來往，先讓我來見見何經理的。」他也只說到這裡，說完了，扭轉身軀就向外走。

剛出門不到幾步，後面有個人追了上來，拖住了他的衣服道：「我們何經理請你回去說話呢。」李步祥轉身來問道：「你們經理找我說話？我不大認識呀。」那人道：「是我們經理請你，那不會錯的。」說著，他攔住了去路。李步祥心裡想著：這是他們拉存款的吧？於是帶了三分笑容，回到萬利銀行來。

這就看到一個穿夏威夷襯衫的人，滿臉紅光，一溜歪斜地走出來。看到李步祥，遠遠地抬起手來招了幾招，張著口笑道：「李老闆，我認識你的，請來經理室坐坐。下了班了，我沒事。」李步祥迎向前去，他又和他深深地一彎腰，緊緊地一握手。在這樣客氣的情形下，也就陪著他進了經理室。那寫字臺上應放在面前的算盤印色盒，卻遠遠的放在桌子犄角上。代替了經理用的法寶，乃是一隻酒瓶和一份杯筷。另外兩碟子冷葷，一碟油炸花生米。何經理笑道：「李老闆喝兩盅嗎？」他道：「不客氣，我不會這個。」說著，就在旁邊坐著。

何經理站在桌子角上，就端起酒杯子來，仰著脖子喝了一口，然後放下杯子，在桌上一按道：「這年月怎能夠不會這個，有道是一醉解千愁。」說著，他也和李步祥並排坐著，先放下幾分笑容來。點了個頭道：「范寶華先生，我們是很好的朋友，現在怎麼樣？很好吧？」李步祥道：「他很好。最近作了幾筆生意，全都賺了錢。」

何經理道：「他沒有受黃金變卦的影響？」李步祥很肯定地答道：「沒有！他老早就趁了五萬官價的時候，完全脫手了。」何經理唉了一聲道：「他是福人。他還記得我這老朋友？」李步祥道：「怎能不記得呢？你們共過長期的來往呀。他今天若不是到南岸去跳舞，就要來看何經理了。因為來不及分身，所以讓我來看看何經理在行裡沒有？」

何經理拍了手道：「我知道這件事，在南山新村朱科長家裡有個聚會。去的人大概不少吧！倒楣的人，我原來沒有打算去。既是范先生去了，我也去。有話回頭我們和范先生當面說。李先生還是來喝兩盅。酒有的是，我再和你添一點菜。喝！」說著，拿起酒瓶子來，嘴對了嘴，咕嘟了幾口。然後放下瓶子，在桌上按了一按，同時身子搖晃了幾下。他笑道：「不要緊。做生意買賣，今日逆風，明日順風，乃是常事。」他說著話，自己疏了神，把酒瓶當了欄杆使勁地扶著，身子向後一仰，酒瓶自然是跟了人完全向後倒去。李步祥趕快站起來，伸手將他扶著。

他笑道：「你以為我醉了，我根本不知道什麼叫醉。我酒醉還心裡明呢。上次那批期貨，他們逼得我好苦。我只搬著幾塊金磚看了一看。又送走了。這次我做押款，不是自己的本錢……」那位助手金襄理在外面屋子裡，正是躲了他撒酒瘋，聽到這話，趕快跑了進來，笑道：「經理，你休息休息吧。李先生，你明天再請過來吧。」李步祥看這樣子，也是不能向下談，匆匆地走了。

何經理抓著金襄理的手，瞪了眼道：「你看我們銀行的業務，到了什麼樣子，這個時候，我們還不該廣結廣交嗎？為什麼你把這個姓李的轟走。南岸朱科長家裡，今天開跳舞會，我一定要去。我到那裡可以遇到一些有辦法的人。」金襄理道：「我們也並不攔著你去，你暫時休息一會，想想拿什麼言語去向人家求助，那不也是很好的事嗎？」

何經理這才放了他的手，站著出了一會神，點點頭道：「那也對。把酒瓶子收了過去，讓我想想。」他於是歪斜了向那長的籐椅子上一倒，坐下去閉了眼睛養神。這萬利銀行裡，自金襄理以下，都是巴不得安靜一下的，大家悄悄地，離開了經理室。

何先生定下神去，想著怎樣可以再找著有錢的人幫忙。緩緩地想著，緩緩地就迷糊過去了。他醒來時，經理室就電燈通明了。他看看牆壁上的掛鐘，已經是九點鐘了。他跳了起來道：「我該過江去了。」說著，連喊打洗臉水來。留在銀行裡的工友，趕快給他伺候完了茶水。

何經理手裡提著一件西裝上身，就舟車趕程，奔上南山。由南岸海棠溪到南山新村，乃是坐轎子的路程，老遠地看到許多燈火上下，正是列在一片橫空，那正是南山新村。將近了那些列若星點的燈火，在黑暗的半空裡，傳來一種悠揚的音樂聲。會跳舞的人，就知道這是什麼曲子。

何經理告訴轎伕，直奔音樂響處，鄉村裡雖沒有電燈，一帶玻璃窗，透出雪亮的光影。在光影中，於一幢西式樓房下了轎子，就聽到屋子裡傳出一片鼓掌聲。他走進門去，就見門廊裡掛了兩盞草帽罩子煤油燈。在勝利的前夕，煤油依然是奢侈品。只看這兩盞燈，就知道主人是盛大的招待。由門廊轉到客室裡，地板鋪的大通間，已擠滿了男女。屋頂上懸下兩盞大汽油燈，光如白晝。客室面山的一排窗戶，全已洞開，燈光反映著，可以看到外面花木扶疏。晚風由花木縫裡吹過來，這倒像個露天舞場。這大客室只有三面牆上，掛著大幅的中西畫，屋子裡一切家具移開，作為男女周旋之地了。屋角上掛著聲音放大器，傳出了留聲機裡的音樂唱片聲。在音樂聲中，舞伴們男女成對在推磨，正舞到酣處。

何經理站在舞伴圈子外看了一看，有不少熟人，而最為同調的，就是其中有兩個男賓，都是這回黃金變卦以後，形情大壞的人。這時，他們並沒有記得黃金生意虧下了多少錢，更不會想到借了債的是應該怎樣的交代了。立刻心裡想著：那也好，大家把那事忘了吧。舞場是不能馬上加入的了，在面山的窗戶中間，有兩扇紗門，可以看到那裡一片草地，設下了許多籐椅和茶几，不舞的人，正在乘涼。

何經理拉開紗門，走到那裡去。有兩個人起身向前來相迎，笑說：「歡迎歡迎。」這兩人一個是主人朱科長，另一個卻是想不到的角色，乃是誠實銀行賈經理。這就不免和他握了手，連搖撼著幾下道：「這是奇蹟，老兄也加入了我們這種麻醉集團。」他倒是很淡然，笑道：「我們也應該輕鬆輕鬆。」說著，拉了何經理的手，走到一邊的籐椅子上，並沒坐下。

何先生首先一句問著：「近來怎麼樣？」賈經理將手拍了椅靠道：「到這裡來是找娛樂的，不要問。」何經理正想問第二句話時，主人兩個女僕同時走來。一個是將一杯涼的菊花茶，放在茶几上，一個是將搪瓷盤子，托著一大盤新鮮水果，低聲道：「請隨便用一點。」他隨便取了兩個大桃子在手，心裡想著：這裡一切還是不問米價的。這個念頭未完，舞廳裡音樂停止，大群男女來到草地。范寶華和一位摩登女郎，也一同走了出來。

第十三回　歡場驚變

何經理根據了過去的經驗，覺得范寶華是一個會作生意的人，而會作生意的人，凡事得其機先，是不會失敗的。那麼，這次黃金變卦，他可能就不受到影響。李步祥說他最近作了兩筆生意又發了財，那可能是事實。這時見到了他，於是老早地迎上前去，向他握著手道：「久違久違，一向都好？」范寶華記起他從前騙取自己金子的事，這就不由得怒向心起，也就向他握了手笑道：「實在是久違，什麼時候，由成都回來的呢！」何經理說著早已回來了，和他同到空場籐椅子上坐著。范寶華就給他介紹著東方小姐。

何經理對這個名字，相當的耳熟，心裡立刻想著：范老闆的確是有辦法，要不，怎麼會認識這有名的交際花。便笑道：「范先生財運很好吧？」范寶華笑道：「托福托福。我作生意，和別人的觀感，有些不同。我是多中取利，等於上海跑交易所的人搶帽子。搶到了一點利益就放手。」

何經理和他椅子挨椅子地坐著，歪過身子來，向他低聲道：「這個辦法，最適於今日的重慶市場。因為戰事急轉直下的關係，可能週年半載，日本人就要垮臺。甚至有人說，日本還會向盟軍投降。你想，若有這個日子來到，什麼貨還能在手上停留得住，絕不是以前的情形，越不賣越賺錢了。今天下午看準了明天要漲個小二成，甚至小一成，今天買進，明天立刻就賣出。這樣，資金不會凍結，而且周轉也非常的靈便。」

他說著好像是很有辦法，很誠懇。但那東方小姐，又坐在范先生的下手，正遞了一支菸給范先生，又擦著火柴給他點菸。范先生現在對東方小姐，是唯命是聽的。已偏過身子去就著東方小姐送來的火，偏是在露天擦火柴，受著晚風的壓迫，接連地擦了幾根都沒有擦著。范寶華只管接受東方小姐的好意，就沒有理會到何經理和他談的生意經。

他把那支菸吸著了，何經理的話也就說完了。他究竟說的是一篇什麼理論，他完全沒有聽到。何經理也看出他三分冷淡的意思，一方面感到沒趣味，一方面也不知要拿什麼手腕來和范寶華拉攏交情。正在猶豫著，卻聽到有一位女子的聲音叫道：「老賈呀，你還是坐在這裡嗎？」賈經理在對面椅子上站了起來，笑道：「我在這裡等著你呢。你的手氣如何？」

何經理不用回頭去看，聽這聲音，就知道是朱四奶奶。因為她的國語雖然說得不壞，可是她的語尾，常是帶著強烈的南音。如「拉」字「得」字之類，聽著就非常的不自然。何經理在重慶這多年，花天酒地，很是熟悉，對於朱四奶奶這路人物，也就有淺薄的交誼。他現在是到處拉攏交情的時候，就不能不站起來打招呼。於是向前和她笑道：「四奶奶，好久不見，一向都好？」

范寶華聽到，心裡想著：這小子見人就問好，難道所有的熟人，都害過一場病嗎？朱四奶奶笑著扭了身子像風擺柳似的，迎向前和他握著手道：「喲！何經理，你這個忙人，也有工夫到這裡來玩玩。」何經理笑道：「整日地緊張，太沒有意思，也該輕鬆輕鬆。我來的時候，沒有看到四奶奶。」她道：「這裡有用手的娛樂，也有用腳的娛樂，我是用手去了，屋子裡有一場撲克，我加入了那個團體。」何經理道：「那麼，怎樣又不終場而退呢？」四奶奶道：「我們這位好朋友賈經理，他初學的跳舞，自己膽怯，不敢和別人合作。我若不來，他就在這裡乾耗著。我就來陪他轉兩個圈子。」何經理笑道：「不成問題。賈經理這幾步舞，是跟著四奶奶學來的？」賈經理正走了過來，這就笑道：「我也就是你那話，整日的緊張，也該輕鬆輕鬆呀。」兩位經理站在當面互相一握手，哈哈大笑。

就在這時，音樂電影在那舞廳裡又響起來了。在空場裡乘涼的人，紛紛走進舞廳。朱四奶奶道：「老賈，我們也加入吧。」他連說著好好，就跟著四奶奶進舞廳了。何經理坐在草地上，周圍只有兩三個生人，而主人也不在，他頗嫌著悵惘。椅子旁的茶几上，擺著現成的紙菸和冷菊花茶，他吸吸菸，又喝喝茶，頗覺著無聊。幸是主人朱太太來了。她陪著一位少婦走過來，順風先送來一陣香氣。他站起來打招呼。朱太太就介紹著道：「何經理，我給你介紹，這是田佩芝小姐。」屋子裡的汽油燈光，正射照在田小姐身上。

何經理見她頭頂心裡挽了個雲堆，後面垂著紐絲若乾股的長髮，這正是大後方最摩登的裝束。她穿了一件粉紅色的薄紗長衣，在紗上堆起小蝴蝶花。手裡拿了帶羽片的小扇子，這是十足的時髦人物。雖然還不能十分看清面目。可是她的身段和她的輪廓，都很合標準的。這就深深地向她一點頭。她笑道：「何經理健忘，我認得你的。請！」

照著舞場的規矩，男子一個鞠躬，就是請合舞。何經理原只是向她致敬，而田小姐卻誤會了，以為他是請合舞，而且還贅上了一個請字。何經理當然是大為高興，就和她一同加入舞廳合舞。

朱四奶奶和賈經理一對，一手搭著他的肩膀，一手握著他的手舉起來，進是推，退是拉，賈經理的步伐，生硬得了不得。四奶奶對於這個對手，並不見得累贅，臉上全是笑容。看到何田二人合舞起來，她就把眼風瞟過來，點著頭微微一笑。

這時，這舞廳裡約莫有六七對舞伴，音樂正奏著華爾茲，大家周旋得有點沉醉。在舞廳門口站著一個穿西服的人，何經理一看，那是本行的金襄理。他正想著：這傢伙也趕了來。可是看他的臉色，非常緊張，而且他見到何經理，還點了兩點頭。但是他在汽油燈下，看清楚了田小姐，覺得非常漂亮，而且也記起來了，彷彿她是一位姓魏的太太，於今改為田小姐，單獨加入交際場，這裡面顯然是有漏洞。在一見即可合舞之下，這樣的交際花，是太容易結交了。正因為容易結交，不可初次合舞就不終曲而散。所以金襄理點頭過來，他也點頭過去，一直把這個華爾茲舞完，何經理還向魏太太行個半鞠躬禮，方才招呼著金襄理同到草地上來。

金襄理引他到一棵樹蔭下，低聲道：「經理，你回重慶去吧。明天上午，我們有個難關？」何經理道：「什麼難關？和記那一千五百萬，我不是和他說好了，暫時不要提現嗎？」

金襄理道：「正為此事而來。那和記的劉總經理，特意寫了一封信到行裡，叫我們預備款子。行裡看的人，看到和記來的信，拿信找到經理公館，又找到我家裡。我一時實在想不起來，怎樣去調這些個頭寸。這還罷了。偏是煤鐵銀行的張經理也通知了我要找經理談談。他那意思，我們押在他那裡黃金儲蓄券，這個比期，一定要交割，並說有三張支票，明天請我們照付，千萬不要來個印鑑不清退票。」何經理道：「這三張支票是多少碼子？你沒有問他？」金襄理遲遲頓頓道地：「大概是三千萬。」何經理道：「明天上午，要四千五百萬的頭寸！那不是要命？」說著，將腳一頓。

金襄理道：「兵來將擋，水來土掩。他們不是要我們的錢嗎？我們一面調頭寸準備還債，一面向人家疏通，緩幾天提現。還有一個辦法，經理明天一大早就去交換科先打個招呼……」何經理又一頓腳道：「還要提交換科，我們那批期貨，不是人家一網打盡嗎？」金襄理見和他提議什麼，他都表示無辦法，也就不好說什麼，只是呆呆地站在他面前。

何經理沉吟了一會子道：「這個時候要我過江去，夜不成事，我也想不出什麼好辦法。大不了我明天中午停業，宣告清理。我拚，重慶市上銀行多了，大家混得過去，我們也就該混得過去。」說到這裡，主人朱科長在草地上叫道：「何經理，過來坐吧，那裡有蚊子。」何經理答應一聲，立刻走過去，將金襄理扔在一邊，不去管他。

這時魏太太和朱四奶奶，都在籐椅子上坐著，舞場上音樂響著，她們並沒有去跳舞。何經理一過來，魏太太起了一起身，向他笑道：「何經理今晚上還過江去嗎？」他覺得這問話是有用意的。便笑道：「假如田小姐要過江，我可以護送一程。」魏太太道：「謝謝！讓我再邀約兩位同伴吧，有了同伴，我膽子就壯了，可以在這裡多打攪一些時候。」何經理道：「玩到什麼時候我都可以奉陪。」

朱四奶奶坐在他斜對面，腳蹺了腳，搖撼著身體，笑道：「何經理對於唆哈有興趣嗎？」何經理這時是憂火如焚，正不知明日這難關要怎樣的過去。可是朱四奶奶這麼一說，就拘著三分面子，尤其是對於新交的田佩芝小姐，不能不敷衍她。這就笑道：「這玩意是人人感到興趣的，我可以奉陪兩小時。田小姐如何？」魏太太笑道：「我對於這個，比跳舞有興趣。不過，我們和經理對手，有點兒高攀吧？」何經理笑道：「這樣一說，那我就非奉陪不可了。」說著，打了一個哈哈。

那位金襄理兀自在樹底下徘徊著，聽到銀行主持人這樣一個哈哈，不免魂飛天外，也不向姓何的打招呼了，竟自走去。何經理雖看到他走去，卻也不管，就向朱四奶奶笑道：「我們是不是馬上加人？」朱四奶奶道：「我得問問老賈，什麼時候過江。咦！這一轉眼工夫，他到哪裡去了。」

朱科長道：「大概是到我們隔壁鄰居陸先生家去了。向來我這裡有聚會，陸先生是必定參加的，不知道什麼緣故，今天他會沒有來？」何經理道：「是豐年銀行的陸先生住在隔壁？」朱科長道：「這是他的別墅，夏天是多半在這裡住。」朱四奶奶道：「既是老賈到陸經理那裡去了，一定是談他們的金融大策，我們不必等他，他會到賭場來找我們的。」說著，她挽了魏太太的手臂就走，回過頭來就向何經理看了一看。他點了頭笑道：「二位先生，我馬上就來。不出十分鐘。」說著，他還豎起了右手一個食指。

這兩位女賓走了，他心裡立刻想著：老賈去找陸經理，必定商量移挪頭寸。豐年銀行，是重慶市上相當殷實的一家。老賈可以去找他想法，我老何也可以去找他想法，趁他還沒有談妥的時候，自己立刻就去。若是等老賈得了他的援助，恐怕……想到這裡，只見誠實銀行的賈經理，垂頭喪氣走了來。心裡這倒暗喜一下，陸先生的力量，不曾被他分去，自己就可以得些援助。

等著他到了面前，笑道：「賈兄，你哪裡去了，四奶奶正找你呢。」他這時不是遊戲的面孔了，抓著何經理的手，正了顏色道：「你以為我真是來跳舞的？我是特意來找陸老園調頭寸的。」他這樣說，因為陸經理號止園。叫他陸老園乃是恭敬而又親近之辭。

何經理道：「你想到了法子沒有？」老賈道：「陸老園說，和他有關係的銀行，共有七家，這個比期都不得過去，家家都要他調頭寸。就是這七家，已經夠他傷腦筋，他哪裡還有餘力和別家幫忙？」

何經理道：「我不相信你們做得穩的人家，也是這樣的緊。」賈經理嘆上一口氣，又搖了兩搖頭道：「一言難盡。」何經理正還想說什麼，朱科長在身後叫道：「兩位經理，朱四奶奶在請你們呢，快去吧。」賈經理向何經理看了一看，笑道：「請吧。」他笑雖然是笑了，可是他的臉上，顯然是帶了三分慘容。何經理倒是不怎麼介意，點了個頭就走了。

朱科長在前面引路，引到一間特別的屋子裡。這屋子是他們全屋突出的一間，三面開著六扇紗窗。屋頂上懸下了一盞小汽油燈。燈下一張圓桌子，蒙上了雪白圍布，坐了七位男女在打唆哈，各人身後又站上幾位看客。這裡有兩面窗子在山坡上，下臨曠野。其餘一面，窗子外長了一叢高過屋頂的芭蕉。所以這雖是夏夜，盡有習習地晚風吹來。

朱四奶奶和魏太太連臂地坐著，她面前就放了一本支票簿。何經理眼尖，就認得這是誠實銀行的支票。四奶奶在支票上，已開好了數目，蓋好了印鑑。浮面一張，就寫的是一十萬元。這時金子黑市才六七萬元一兩，這不就是一兩五錢金子嗎？桌上正散到了五張牌，比牌的開始在累司。到了她面前，她是毫不猶豫地就撕下那張支票下注。對面一位男客向她笑道：「四奶奶總是用大注子壓迫人。」

她因腳步響，一回頭看到賈經理進來，便笑道：「你有本領贏吧。我存款的銀行老闆來了。請打聽打聽，我這支票，絕不會空頭。我縱然開空頭，誠實銀行也照付。我作得有透支。」那男客笑道：「四奶奶的支票，當然是鐵硬的。」說笑著，翻過牌來，是他贏了，把支票收了去。

何經理看四奶奶面前的支票，上面依然寫著是一十萬元，心裡想著：假如這是透支的話，那豈不是輸著老賈的錢？想著，偷眼看賈經理的顏色，有點兒紅紅的，他背手站在四奶奶身後，並不作聲。魏太太回過臉來，向何經理瞟了一眼，在紅嘴唇裡露出了兩排雪白的牙齒，微微一笑，又向他點了兩點頭。何經理像觸了電似的，就緊挨著魏太太坐下。

魏太太面前正堆了一大堆碼子，她就拿了三疊，送到何經理面前，笑道：「這是十萬，你拿著這個當零頭吧。」他笑著點了點頭笑道：「我開支票給你。」她又向他瞟了一個眼風，微微笑著說了四個字：「忙什麼的？」何經理想著：這位太太手面不小，大可以和四奶奶媲美了。於是就開始賭起來。

說也奇怪，他的牌風，比他的銀行業務卻順利得多，上場以後，贏了四五牌，雖然這是小賭，他也贏到了二百萬。心裡正有點高興。主人朱科長卻拿了一封自來水筆的信封進來。笑道：「你們貴行同事，真是辦事認真。這樣夜深，還派專差送信來。」說著，把那封信遞過來。

何經理心裡明白，知道這事不妙，就站起來接著信，走到屋角上去拆開來。裡面又套著一個信封，是胡主任的筆跡，上寫何經理親啟。再拆開那封信，抽出一張信紙來看。上面潦草地寫著：

育仁經理仁兄密鑑：茲悉貴行今晚交換，差碼子五千萬元。明日比期，有停止交換可能。望迅即回城，連夜辦理。貴行將來往戶所押之黃金儲蓄券，又轉押同業，實非良策。頃與數同業會晤，談及上次貴行將支票印鑑故意擦汙退票幾乎使數家受累，此次絕不通融。明日支票開出，交換科所差之碼子更大。弟叨在知交，聞訊勢難坐視。苟可為力之處，仍願效勞。對此難關，兄何以醇酒婦人，逍遙郊外也。金襄理聞已失蹤，必系見兄出去，亦逃避責任。此事危險萬分，望即回城負責辦理業務，勿使一敗不可收拾。千萬千萬，即頌晚祺，弟胡卜言拜上，即夕。

何經理看了這封信，忽然兩眼漆黑，立刻頭重腳輕，身子向旁邊一倒。這樣一來，賭場上的人都嚇得站了起來。

賈經理走向前問道：「何兄，怎麼了，怎麼了？」搶上前看時，汽油燈光照得明顯，何經理筆挺挺地躺在地上，一動也不動。女客們嚇得閃到一邊，都不會說話。有兩位男客上前，對這情形看了一看，同叫道：「這是腦充血，快找醫生吧。」大家只是乾嚷著，卻沒有個適當辦法。有人向前來攙扶，也有人說動不得，有人說快舀盆冷水和他洗腳，讓他血向下流。到底是賈經理和他有同行關係，抓著一個聽差，搬了一張睡椅來，將何經理抬到上面躺著。

在燈光下，只見他周身絲毫不動，睜了兩隻眼睛看人，嘴唇皮顫動了幾下，卻沒有說出話來。這時，把主人夫婦也驚動著來了，雖然只是皺眉頭，也只好辦理搶救事件。

魏太太在今日會到了何經理之後，覺得又是一條新生命路線，不料在一小時內，當場就中了風，這實在是喪氣，當他躺在睡椅上的時候，她就悄悄地溜到草場上來乘涼。主人家出了這麼一個亂子，當然也就不能繼續跳舞，所有在舞場上的人，有的走了，有的互相商量著怎樣走，因為既是夜深，又在郊外更兼是山上，走是不大容易的。有的決定不走，就在草場上過夜。

魏太太一眼看到范寶華單獨坐在這裡，東方曼麗未同坐，這就向他笑道：「何經理忽然中風了，你沒有去看看。」范寶華嘆口氣道：「看他作什麼？我也要中風了。」魏太太笑道：「你們這些經濟大家，都是這樣牢騷。我相信過兩三天，風平浪靜，你們一切又還原了。」范寶華偷眼向她看看，覺得她還不失去原來的美麗，便一伸腿，兩手同提著西裝褲腳管，淡淡地問道：「徐經理沒有來？」魏太太低聲道：「他在貴陽沒有回重慶來。」范寶華道：「你為什麼一個人先回重慶來呢？」魏太太站起來，在草地上來回的走著。

范寶華不能再問她什麼話，因為其他的客人，紛紛地來了。魏太太在草場上走了幾個來回，走到范先生面前，問道：「曼麗到哪裡去了？我找找她去。」說著，她向舞廳裡走。范寶華看她那樣子，覺得是很尷尬的。望著她後身點了兩點頭。又嘆了一口氣。身後有人低聲道：「范老闆，你還願意幫她一點忙嗎？」

回頭看時，朱四奶奶一手扶了椅子背，一手拿了一把收拾起的小摺扇，抿了自己的下巴，微微地笑著。范寶華道：「她很失意嗎？那小徐對她怎麼樣？」朱四奶奶張開了扇子，遮了半邊臉，低下頭去，低聲向他笑道：「田小姐也是招搖過甚，明目張膽地和小徐在貴陽公開交際。小徐的太太趕到貴陽去了，那結果是可想而知。現在她回來了，還住在我那裡，管些瑣務，你可不可以給她邀一場頭，今天她是有意來訪陸止老的，偏是陸止老不來。新認識了老何，老何又中風了。」范寶華笑道：「她長得漂亮，還怕沒有出路。」正自說著，忽然有人叫道：「田小姐掉到河溝裡去了。」兩人都為之大吃一驚。

第十四回　舞終人不見

范寶華對於魏太太究竟有一段交情，這時聽到說她掉到水溝裡去了，就飛奔地出去。穿過舞廳，向大門外的路上，正是有人向外走著，所以他無須問水溝在哪裡就知道去向。在大門外向南去的路上，有兩行小樹，在小樹下有若干支手電筒的電光照射，正是圍了一群人。走到那面前，見樹外就是一道小山溪。山溪深淺雖不得知，但是看到水倒映著一片天星，彷彿不是一溝淺水。便問道：「人撈上來了沒有？」只聽到魏太太在人叢中答道：「范先生，多謝你掛念，我沒有淹著，早是自己爬起來。」

范寶華向前看，見魏太太藏在一叢小樹之後，只露了肩膀以上在外面。便問道：「你怎麼會掉下溝裡去的呢？」她道：「我是出來散散步，沒有帶燈光，失腳落水的。」范寶華聽她這話，顯然不對。這兩行樹護著河沿，誰也不會好好走路失腳落水。便道：「不要受了夜涼，趕快去找衣服換吧。」

身後有人答道：「不要緊，我把衣服拿來了。這是哪裡說起，家裡有位中風的，門口又有一位落水的。」說話時，正是女主人朱太太。她面前有個女僕打著燈籠，手裡抱著衣鞋。魏太太在樹叢後面只是道歉。在樹外的多是男子，見人家要換衣服，都迴避了。

范寶華也跟著迴避，到了草地上，看到曼麗正和朱四奶奶站在一處，竊竊私語。他笑道：「這正是趁熱鬧，田小姐高興一人去散步，會落到水裡去了。」曼麗低聲笑道：「你相信那話是真的嗎？自從她由貴陽回來以後，就喪魂失魄似的。四奶奶這一陣子事忙。始終沒有和她的出路想好辦法，她對於這宇宙，似乎有點煩厭了。」四奶奶笑道：「要自殺什麼時候不能自殺，何要在這熱鬧場中表演一番。她大概是新受到了什麼刺激。不忙，明天我慢慢地問她。」

他們在這裡討論魏太太的事，那位賈經理坐在籐椅子上，仰著身體，只管展開一柄小摺扇不住的在胸面前扇著。可是身子挺著，他的頭卻微坐下來直垂到胸口裡去。四奶奶手上正也拿了一柄小摺扇呢，扇子是折起來的，她拿了扇子後梢，兩個指頭鉗住，晃著打了個圈圈，同時，將嘴向那邊一努，低聲笑道：「他和何經理犯著一樣的毛病。明天是比期頭寸有些調轉不過來。」

曼麗道：「他的銀行，作得很穩的，為什麼他們這樣的吃緊？」朱四奶奶又向范寶華看了一眼笑道：「你問他，他比什麼人都清楚。」范寶華也不說什麼，笑了一笑，在草地上踱著步子。

這時，魏太太隨著一群人來了，她先笑道：「我還怕這裡出的新聞不夠，又加上了一段。」朱四奶奶道：「我剛才方得著消息的。你今晚別回去了，就在這裡休息休息吧。據說，隔壁陸止老，連夜要進城，我想隨他這個伴。」曼麗道：「他那樣的闊人，也拿性命當兒戲，坐木船過江嗎？」朱四奶奶道：「當然他有法子調動小火輪。人家為了幾家銀行明天的比期，慢說是調小火輪，就是調用一架飛機，也不會有問題。」

坐著那邊籐椅於上的賈經理，始終是裝著打瞌睡的，聽了這話，突然地跳著站起來道：「陸止老真要連夜進城，那麼，我也去。」主人朱科長手裡夾了一支紙菸，這時在人群裡轉動著，也是來往地不斷散步。他一頭高興，已為一位中風和一位落水的來賓所掃盡，大家多有去意，這就站在人叢中問道：

「各位，今晚我招待不周，真是對不住。這些人要走，預備轎子是不好辦的，只有請各位踏上公路，步行到江邊去。輪船是陸止老預備好了的，那沒有問題。我已雇好了幾個力夫，把何經理抬走，實在是不能耽誤了。陸止老為了他，就是提早兩小時過江的。各位自己考慮，真是對不起。」主人最後兩句話，完全是個逐客令，大家更沒有停留的意思了。

朱四奶奶見賈經理單獨站在人群外面，就走向前挽了他一隻手臂道：「老賈，我們先慢慢走到江邊去好嗎？」他道：「好的，不過我總想和陸止老談幾句話。」朱四奶奶道：「好的。他們不就住在隔壁一幢洋樓裡嗎？我陪你同去見他。」說著，將小扇子展開，對他身上招了幾招，然後就挽了他走。一面低聲笑道：「陸止老也許會幫你一點忙的，我可以和你在一邊鼓吹鼓吹，成功之後，你可不可以也幫我一點忙？」賈經理道：「可以呀。你今晚上輪的支票，我完全先付就是。」四奶奶道：「我明天還要透支一筆款子，我不是一樣要過比期嗎？」賈經理頓了一頓，沒有答覆這句話。

只見籬笆外面，火把照耀，簇擁一乘滑竿過去。在滑竿上坐著一個人，正用著蒼老的聲音在責備人。他道：「花完了錢就想發橫財，發了橫財，更要花冤枉錢，大家弄成這樣一個結果，都是自作自受。我姓陸的不是五路財神，救不了許多人。平常我勸大家的話，只當耳邊風……」說著話，滑竿已經抬了過去。賈經理站住了腳道：「聽見沒有，這是陸止老罵著大街過去了。」朱四奶奶道：「那也不見得就是說你我呀。我要向前去看看。」說著，她離開了賈經理，就向前面追了去。

賈經理也不知她是什麼意思，站著只看了發呆。這又是一群人抬了一張竹床，由面前過去。床上直挺挺地躺著一個人，將一幅白布毯子蓋了，簡直就抬的是具死屍，那是度不過比期的何經理，買過金磚的何經理。賈經理看著這竹床過去，不由得心裡怦怦地跳了幾下。隨了這張竹床之後，來賓也就紛紛地走去。立刻跳舞廳裡的兩盞汽油燈都熄了。眼前是一陣漆黑。前半小時那種釵光鬢影的情形，完全消逝無蹤，他不覺在腦筋裡浮出了一片空虛的幻影。怔怔地站著，沒有人睬他，他也不為人所注意。

就在這時，聽到東方小姐在大門外老遠的叫著：「老范老范。」由近而遠，直待她的聲音都沒有了，聽到主人夫婦說話的聲音，由舞廳裡說著話回到房裡去。聽到朱科長太太道：「這是哪裡說起？我們好心好意地招待客人，原來他們都是到我們這裡來借酒澆愁的。中風的中風，跳河的跳河。」朱科長道：「剛才有人告訴我，他們有幾個人，就是到鄉下來躲明天的比期的。比期躲得了嗎？明天該還的錢不還，後天信用破產，在重慶市上還混不混？」

賈經理聽了這話，也不作聲，身邊正好有塊石頭，他就坐在上面。沉沉地想著明天誠實銀行裡所要應付的營業。自己也不知道是經過了多少時候，耳邊但聽到朱家家裡人收拾東西，關門，熄燈，隨後也就遠遠的聽到雞叫了。這是個下弦的日子，到了下半夜，半輪月亮，已經高臨天空，照見這草場外面，雖有一帶疏籬圍著，籬笆門都是洞開的，隨了這門，就有一條路通向外面的山麓。他已經覺得身上涼颼颼的，也就感到心裡清楚了許多。覺得自己的銀行，明天雖有付不出支票的危險，天亮了就到同業那裡去調動，至多停止交換是後日的事。還是盡著最後五分鐘的努力吧。他自己暗叫了一聲對的，就起身向籬笆門外那條路上走去。

空山無人，那半輪夜半的月亮，還相當的明亮，照見自己的影子，斜倒在地上，陪著自己向前走去。迎面雖有點涼空氣拂動，還不像是風。夜的宇宙，是什麼動靜沒有，只有滿山遍野的蟲子，在深草裡奏著天然的曲子。他不知道路是向哪裡走，也無從去探問。但知道這人行小路順著山谷，是要通出一個大谷口的。由這谷口看到燈火層層高疊，在薄霧中和天上星點相接，那是夜重慶了。這就順了這個方向走吧。

約莫走了一二里路，將近谷口了，卻聽到前面有人說話。始而以為是鄉下人趕城裡早市的，也沒有去理會，只管走向前去。走近了聽到是一男一女的說話聲。他這倒認為是怪事了。這樣半夜深更，還有什麼男女在這裡走路？於是放輕了腳步，慢慢移近。這就聽到那個男子道：「我實在沒有法子為你解除這個困難。我家裡和銀行裡存的東西，不夠還一半的債，你說到重慶來了八年是白來了，我何嘗不是白來？」那婦人道：「你和曼麗打得火熱了，正預備組織一個新家庭吧？」那男的打了一個哈哈道：「我要說這話，不但是騙你，而且也是騙了我自己。她住在我那裡，是落得用我幾個錢。我歡迎她住在我那裡，是圖個眼前的快樂。好像那上法場的人一樣，還要吃要喝，死也作個飽死鬼。」

賈經理這就聽出來了，女的是田佩芝小姐，男的是范寶華先生。田小姐就道：「我和你說了許久，你應該明白我的心事了。我是毀在你手上的，最好還是你來收場。我勸你不必管他什麼債不債了。你把家裡的那些儲蓄券賣了，換成現金，足夠一筆豐富的川資吧？我拋棄一切和你離開重慶市。」范寶華道：「那麼，我犧牲八年心血造成的碼頭，你犧牲你兩個孩子。」魏太太道：「你作好事，不要提那兩個孩子吧。魏端本自己毀了，我無法和他同居，我又有什麼法子顧到兩個孩子。你說你不能犧牲八年打出來的碼頭，你黃金生意作垮了，根本你就犧牲了這個碼頭，而且勝利快來了，將來大家東下，你還會留在重慶嗎！」說到這裡，兩個人說話的聲音寂然了。

賈經理看到月亮下面，兩個人影子向前移動，他也繼續的向前跟著。約莫走了半里路，又聽到范寶華道：「我現在問你一句實在的話，你今天晚上，是失腳落水嗎？」田佩芝道：「我沒有了路了。打算自殺。跌下去，水還浸不上大腿呢。我呆了一呆，我又不願死了，所以走起來叫人。」

范寶華道：「你怎麼沒有路了？住在朱四奶奶家裡很舒服的。」田佩芝道：「她介紹我和小徐認識，原是想弄小徐一筆錢，讓我跟小徐到貴陽去，也是為那筆錢。她希望我告小徐一狀，律師都給預備好了。這樣，小徐可以托她出來了事。她就可以從中揩油了。我沒有照她的計劃行事，她不要我在她那裡住了。」

范寶華道：「她怎麼就會料到小徐的太太會追到貴陽去的呢？」田佩芝道：「我就是恨她這一點，她等我去貴陽了，就輾轉通知了人家。我在貴陽受那女人的侮辱，大概也是她叫人家這樣辦的。我若拋頭露面到法院裡告狀，說是小徐誘姦，我的名聲，不是臭了嗎？我回重慶以後，她逼我告狀多次，實在沒有法子，我賣掉了三個戒指和那粒鑽石，預備到昆明去找我一個親戚。昨天小輸了一場，今天又大輸了一場，川資沒有了。我回到四奶奶家，只有兩條路，第一條路，到法院起訴，敲小徐的竹槓，第二條路，我回到魏家去過苦日子。可是，我都不願。」

范寶華道：「所以你自殺，自殺不成，你想邀我一同逃走。」田佩芝道：「中間還有個小插曲。我很想和萬利銀行的何經理拉成新交情，再出賣一回靈魂，可是他也因銀行擠兌而中風了。這多少又給了我一點刺激。」范寶華道：「你和我一樣總不能覺悟。我是投機生意收不住手，你是賭博收不住手。這樣一對寶貝合作起來，你以為逃走有前途嗎？」田佩芝道：「那我不管了。總比現時在重慶就住不下去要好些。」

范寶華道：「這樣看起來，朱四奶奶的手段辣得很。她和老賈那樣親熱，又是什麼騙局。我知道她有一批儲蓄券押在老賈銀行裡，那是很普通的事。占不到老賈很大的便宜。此外，她在老賈銀行裡作有透支，透支可有限額的。像老賈那種人，透支額不會超過一百萬。這不夠敲的呀！」

田佩芝道：「這些時候，她晚上出來晚，總帶了老賈一路。老賈圖她一個親近，像你所說的，落得快活。她就拚命在賭桌上輸錢，每次輸個幾十萬，數目不小，也不大，晚上陪老賈一宿，要他明日兌現。老賈不能不答應。限額一百萬，透支千萬將近了。」

范寶華道：「那又何苦？她也落不著好處。」田佩芝笑道：「你在社會上還混個什麼，這一點你都看不出來。贏她錢的那個人，是和她合作的。打唆哈，對手方合作，有牌讓你累司，無牌暗通知你，讓她投機，多少錢贏不了？誠實銀行整個銀行都可以贏過去。」

賈經理聽了這話，猶如兜頭澆了一瓢冷水，兩隻腿軟著，就走不動了。他呆在路上，移不動腳。心裡一想，她可不是透支了好幾百萬了嗎？作夢想不到她輸錢都是假的。不要說銀行裡讓黃金儲蓄券，凍結得透不出氣來，就是銀行業務不錯，也受不住經理自己造下的這樣一個漏洞。他想著想著，又走了幾步，只覺心亂如麻，眼前昏黑，兩腿像有千斤石絆住了一樣，只好又在路上停留下來。等自己的腦筋緩緩清醒過來時，面前那說話的兩個男女，已經是走遠了。

他想著所走的路，不知通到江邊哪一點，索性等天亮了再說吧。他慢慢地放著步子，慢慢地看到了眼前的景物，竟是海棠溪的老街道。走到輪渡碼頭，坐第一班輪渡過江，一進船艙，就看到范田二人，同坐在長板凳上。范寶華兩隻眼眶子深陷下去兩個窟窿，田佩芝胭脂粉全褪落了，臉色黃黃的，頭髮半蓬著，兩個人的顏色，都非常的不好看。范寶華看到賈經理起身讓座。他就挨著坐下了。

范寶華第一句話就問道：「今天比期，一切沒有問題？」賈經理已知道他是個預備逃走的人。便淡笑道：「欠人家的當然得負責給。人家欠我們的，我們也不能再客氣了。」

范寶華聽了，雖然有點心動，但他早已下了決心，把押在銀行裡的儲蓄券，完全交割掉就完了，反正不能再向銀行去交錢。他也淡笑了一笑。這二男一女雖都是熟人，可是沒並排地坐著，都是默然地誰也沒有說話，其實各人的心裡都忙碌得很。全在想著回到家裡，如何應付今日的難關。

輪船靠了重慶的碼頭，范寶華由跳板上是剛走一腳，就聽到前面有人連喊著先生。看時，吳嫂順了三四十層的高坡，飛奔下來。走到了面前，她喘著氣道：「先生，你你你不要回去吧。我特意到輪船碼頭上來等著你的。」范寶華道：「為什麼？」吳嫂看了看周圍，低聲道：「家裡來了好些個人。昨晚上就有兩個人在樓下等著沒有走。今天天亮又來了好幾個人。」范寶華笑道：「沒有關係。他們不過是為了今天的比期，要我清帳而已。所有做來往的幾家商號，都不是共事一天，而且我有黃金儲蓄券押在他們手上，也短不了他們的錢。」他說著這話，是給同來的賈經理和田小姐聽的。然而賈經理哪有心管人家的閒事，已經坐著上坡轎子走了。魏太太倒是還站在身邊，她對於范先生，本來還有所待。

吳嫂看到她，坦然地點了個頭道：「田小姐，好久不見。」魏太太道：「聽到說你不在范先生家裡了。」她嘆口氣道：「我就是心腸軟。天天還去一趟，和他照應門戶，他們不回家，我也不敢走。」魏太太道：「東方小姐回去嗎？」吳嫂道：「她不招閒咯，回去就睡覺，樓下坐那樣多人，好像沒有看到一樣。」魏太太向范寶華看了一眼，問道：「你打算怎麼辦？」他道：「沒有關係。你在朱家等著吧，我打電話給你。我給你雇轎子吧。」說著，他招手把路旁放著的一輛小轎叫來，而且給她把轎錢交給轎伕了。

魏太太坐著轎子去了。范寶華道：「吳嫂，還是你對我有良心，你還趕到碼頭上來接我。這一定是東方小姐說的。」吳嫂道：「她猜得正著，她猜你同田小姐一路來。」說著，把聲音低了一低道：「你的錢，都放在保險櫃子嗎？她睡在你房裡，我不在家，怕她不會拿你的東西。」

范寶華站在石頭坡子上，對著黃流滾滾，一江東去的大水，很是出了一會神。吳嫂道：「你回去不回去呢？你告訴我有什麼法子把那些人騙走。你然後回去打開保險箱拿走東西轉起來吧。」

范寶華嘆了一口氣，還是望大江出神。吳嫂道：「他們對我說了，把你抵押品取消了，你還要補他們的錢。如是抵押品夠還債，他們也不來要錢了。」

范寶華搖了兩搖頭，說出一句話：「我沒想到有今天。」作投機生意的人，自然是像賭博一樣，大概都不知道這一注下去，是輸是贏。可是作黃金生意的人，拿了算盤橫算直算，決算不出蝕本的緣故，所以范寶華說的，想不到有今天，那是實在的情形。吳嫂看了他滿臉猶疑的樣子，也是替他難受，因道：「你若是不願回去的話，把開保險箱子的號碼教給我，要拿什麼我跟你拿來。你放不放心？」

范寶華道：「這不是放心不放心的事，而是……好吧，我回去。醜媳婦總也要見公婆的面，反正他們是要錢，也不能把我活宰了。叫轎子，我們兩個人都坐轎子回去。」吳嫂聽到他的話說得這樣親切，心裡先就透著三分高興。笑道：「只要你的事情順手，我倒是不怕吃苦。為你吃苦，我也願意。」

范寶華道：「的確，人要到了患難的時候，才看得出誰是朋友，誰不是朋友。我現在有一件事和你商量。」說著，他向左右前後看了一看，見身邊沒有人，才低聲繼續著道：「你娘家不是住北郊鄉下嗎？我想躲到你那個地方去，行不行？」吳嫂道：「朗個不行？不過你躲到我那裡，我不明白你是啥意思？」

范寶華道：「第一，我要躲著人家猜不到的地方，第二，我要在那地方和城裡通消息，第三，太生疏了的地方也不行，你想，我無緣無故躲到一個生疏地方去，人家不會對我生疑心嗎？」吳嫂咬著厚嘴唇皮，對他看了一眼，搖搖頭道：「你說的這話，我不大明白。」

范寶華嘆了口氣道：「我實在也是無路。我不是聽到剛才你說的那兩句話，我也不會這樣想。你不是說願意為我吃苦嗎，我溜了，我那家可捨不得丟，我想托你為我看管。住在你鄉下，我有什麼事，隨時可以通知你，你有什麼事，隨時可以通知我。他們討債，也不能討一輩子，等著風平浪靜了，我再回到重慶來。沒什麼說的，念我過去對你這點好處，你和我頂住這個門戶吧。」說著，向吳嫂拱了兩拱手。吳嫂道：「客氣啥子，人心換人心，你待我好，我就待你好。你到成都去耍，不是我和你看家？不過現在家裡住了一位東方小姐，說是你的太太，又不是你的太太；說不是你的太太，她又可以作主。」

范寶華道：「這個不要緊。我今天回去，會把她騙了出來，然後由裡到外，你去給它鎖上。我不在家，她也就不會賴著住在我那裡了。」吳嫂對他望望，也嘆了口氣道：「你在漂亮女人面前，向來是要面子的，現在也不行了。啥子東方小姐，西方小姐，你沒得錢她花，她會認你？」

范寶華也不願和她多說，叫了兩乘小轎，就和吳嫂徑直走到家裡。大門敞著，走到天井裡，就聽到客室裡鬧哄哄的許多人說話。其中李步祥的聲音最大，他正在和主人辯護，他道：「范先生在銀錢堆上爬過來的人，平常就玩個漂亮，哪把比期，不是交割得清清楚楚。昨天是南岸有跳舞，鬧了個通宵，不是躲你們的債。」

范寶華哈哈大笑道：「還是老朋友不錯，知道我老范為人。」說著，他大開著步子走進了客室。這時，椅子上，凳子上，坐著六位客人之多。有穿夏威夷襯衫的，也有穿著綢小褂子的，桌上放了一大疊皮包。看到他進來，不約而同地站起，有的叫范老闆，有的叫范先生。

第十五回　空城一計

范寶華向大家看了一眼，又將手指了桌上的皮包道：「各位把我家裡當了銀行，在我這裡提現嗎？」說著，他把西服上身脫了，端了把椅子過來，放在屋子中間，然後伸了兩腿坐下，提起褲腳管，笑道：「昨天晚上，快活了個通宵，手也玩，腳也玩。不過，沒有白玩，唆哈了半夜，小贏二百萬，至於今天的比期，我沒有忘記。在重慶碼頭上混，就講的是個信用。各位的單據都帶來了？」說著，他在西服褲子袋裡，掏出一隻賽銀扁平的紙菸盒子，掀開蓋子來，向各人面前敬著菸。笑道：「大家來一支，這是美國菸。」大家看他那種滿盤不在乎的樣子，料著不會不還債，大家也就不便提要債的話，就是不吸菸的，為敷衍主人的面子，也都接受了一支。

范寶華又在身上掏出打火機來，向大家點火。然後笑道：「現在銀行裡還沒有開門，也辦不了來往。我熬了個通宵，實在是餓不過，非吃一點東西，不能辦事。我作個小東，請各位到廣東館子裡去吃早點。」這債主子裡有位年紀最大的，光著和尚頭，嘴上有兩撇八字鬍鬚，將半舊的黃色川綢小褂子，捲了兩隻袖子，手裡拿了一柄黑摺扇，有一下沒一下的，在胸面前扇著。主人說話，他只是翻眼睛望著，要捉住一個漏洞。這時主人要請吃早點，他想著這可能是個漏洞。這就站起來搖了兩搖手道：「大家都有事。你不必客氣。」

范寶華笑道：「我倒不是和各位客氣。我肚子實在餓得慌。這樣吧，主聽客便，有願和我去吃早點的，就和我一路走，有不願走的，就在舍下寬坐片時，我上樓去換件衣服。」說著，他起身就走了。

到了樓上房間裡，床上珍珠羅的帳子已經四面放下。曼麗穿了身浴衣，光著手臂和大腿，側身睡在帳子裡。看那樣子，還是睡得很香。他的保險箱放在屋子的犄角上，斜對了帳子。他喊了兩聲曼麗，床上也沒有人答應。他就蹲下身子去，將保險箱打開，先將裡面單據證券，分著兩卷取出，各在褲袋裡取出一方手絹，緊緊的一卷。

他又拿了兩件舊衣服，將這兩個手絹包裹著，然後自己換了條短褲衩，披著短袖襯衫，完全是個隨便的裝束，復又走下樓來。他將舊衣服包的那個布卷，笑著遞給李步祥道：「老兄，我家裡的衣服，吳嫂就忙著洗不過來，哪裡還有工夫和你洗這許多衣服。」說著，把那包袱向他懷裡塞著。李步祥莫名其妙地接著那包裹，見范寶華對他直使眼色，也只好接受著了。

范寶華笑道：「你看，我忙著這一早晨，臉也沒洗，口也沒漱。吳嫂，把洗臉傢伙送到這裡來。」在座的六位要債人，正待向他開口，見人家洗臉都來陪著，自也不能不忍耐片時，那吳嫂將臉盆漱口盂一樣樣地搬到客裡桌上放著，范寶華洗臉的用品，還真是不少，牙膏、牙刷、香皂、雪花膏、生髮油、小梳子、小鏡子，那吳嫂真是不怕麻煩，陸續和他取來。

范寶華當了大眾漱洗，還向大家笑道：「不要緊，時間還早得很。今天上午，決誤不了各位的事。」他總摸索了有半小時以上，才把這張臉洗完，隨後拿鏡子照著，唉了一聲道：「不對，我長了這麼一臉鬍渣子，也沒有把鬍子刮刮，吳嫂，重新打盆熱水來。」吳嫂答應著，除了給舀洗臉水之外，而且還把刮鬍子刀和刀片，作兩次給他拿來。

這樣又摸索了二十分鐘，他才把臉洗完。向李步祥道：「我知道你會來找我的。我們那筆買賣，十點半鐘可以成交。現在還不到九點。時間還早，我請各位吃早點，你也去作一個陪客吧。」李步祥和老范是多年的朋友，看他這情形，就明白他的用意了。於是笑道：「好的，我叨擾你一頓。今天上午這件買賣成交，你大賺一筆。你請一百次客的錢也有了。哈哈。」

范寶華就向六個債主子道：「我陪客也請到了，各位請吧。」還是那個老債主子表示不同意，他搖著頭笑道：「今天比期，大家都忙，我們把上午的事情辦完了，還要辦下午的事情呢。范先生可以先看看我們的帳。」

范寶華突然地正著臉色向大家道：「各位，你們有點不講天理人情。人生在世，為的是什麼？不就為的是穿衣吃飯嗎？我這樣晝夜奔走是為了吃飯，各位一大早就到我這裡來要債，又何嘗不是為的吃飯？無論怎麼忙，這個肚子，你得讓我填滿。我好意請各位去吃早點，固然是客氣。同時，我也是存著一個念頭，知人知面不知心，我是去填肚子，你們不會說我是躲比期。所以邀你們一路走，也好監督我。你們既不賞臉，我也無須客氣。老李，我們到金龍酒家吃早點去。不要緊，有錢還債，只要不過今日下午四點。銀行能辦清手續，我們就不負責任。」說著，他拿起桌上一把芭蕉扇，就緩緩地走出去了。自然，李步祥夾了那包袱，跟了他到金龍酒家。

重慶是上海式的碼頭，雖然抗戰首都，移到這裡，政治沖淡不了商業，反而增加它的旺盛。早上有辦法的公務員和有辦法的商家，照例是擠滿了廣東食店和江蘇食店。范李兩人在食堂裡找了許久，才在那角上找到了一副小座頭。

李步祥四周看了一看，坐下來就伸著頭低聲問道：「老范我聽到你消息不好，一早來看你的。你這是什麼意思，當了許多人塞個包袱到我手上。」老范拍了他的肩膀笑道：「你接著包袱，沒有問我什麼，這就對了。我以後的出路，都在這包袱裡。老李，今天早上，可以大吃一頓，我不省錢。人生在世，有吃就要吃，錯過了機會，不見得就再吃得到。」說時，茶房向桌上送著茶點，范寶華拿起擺好的筷子，夾了個叉燒包子就向嘴裡塞了進去。咀嚼著向李步祥道：「逃難的時候，哪裡吃得著這個。」

李步祥望了他道：「我看你今天的情形很興奮。」他四周望了一望，低聲道：「我老早就興奮了。我老實告訴你，我那些押在人家手上的黃金儲蓄券，非交割清楚不可了。押在銀行裡的我不怕他，我這個房子是租的，要清理我的財產，也就是那些家具，反正不能和我打官司。只有這些私人的來往，可是讓我受窘。他們可真討債，連本帶利，把我的儲蓄券都沒收了，我還得找他們一大筆款，而且他們不要儲蓄券，只是要我還債。老實說，要倒楣大家倒楣，我拚了那些儲蓄券不要也就算了，讓我再找一筆錢出來，我辦不到。」

李步祥道：「你今天不還那些人的錢，那還是不行啦。你有什麼法子擺脫他們？」范寶華笑道：「慢慢的吃點吧，『料然無事』。」說著，他來了一句戲白。說話之間，他是左手端茶杯，右手拿筷子，吃得非常的安適。

這時，身後有人輕緩地叫了一聲范先生，回頭看時，就是那討債的領袖人物小鬍子來了。范寶華將筷子頭點著座旁的椅子道：「胡老闆，坐下來吃一點吧。我請你來，你不來，現在你可自己來了。」他道：「不是那話。現在已經十點鐘了。我們在銀行裡取得了款子，上午還想作一點事情。」范寶華道：「坐下來吃一點吧。反正我上午給你支票，十二點鐘以前，你可以取到款子。你要債，我還債，事情不過如此而已。你還有什麼話說。」李步祥也移挪著椅子道：「你就坐下吧。給你來一碗麵好不好？」

這老頭子拘了面子，也只好坐下。范寶華給他一支紙菸，又給他斟上一杯茶。笑道：「沒關係，你就破除十分鐘工夫，吃兩碟點心吧。」這位胡老闆看了滿桌的包子餃子雞蛋糕，加上肚子裡還正是有點餓，也就扶起筷子來吃了。范李二人卻是不慌不忙地，在座上談著閒話。

大概又是十來分鐘，食堂裡吃早點的人，已經是紛紛地走了。也不知主人是什麼時候招呼的，茶房又給他送來一碗豬肝麵。胡老闆見麵碗擺在面前，搖著手道：「你二位吃吧。」范寶華道：「我們老早來的，已經吃飽了。這碗麵，你若是不吃，也不能退回。你儘管吃吧。交情是交情，來往是來往，我們並不是請你吃了點心，就教你不討債，我們還是照樣的還錢，分文不會短少。」

這麼一說，胡老闆弄得不好意思起來，點了頭道：「笑話，笑話！范先生有辦法有面子的人，怎麼說這話。」李步祥道：「這就對了。范先生回去就開支票給你，你還有什麼堵在心上，吃不下去。」胡老闆望了那碗麵，紫色的豬肝，綠色的菠菜，鋪在麵上。帶了油香的紅湯，陣陣向鼻子裡送著香味，在三分尷尬情形下，也只扶著筷子挑幾條麵，嘗了一口。這一嘗，其味無窮，不知不覺，把那碗麵吃了。

這時，有人叫道：「胡老闆，你在這裡吃早點了。現在可不早，已經十一點鐘了。銀行快上門了。」這是另一個討債的追了來，老遠地抬起手來招了兩招。范寶華笑道：「不要緊，我馬上就回家開支票給你們。」他站起來，將李步祥拉到一邊說了幾句話。又慨然會了東，對走到面前新來的債主笑道：「沒有了時間，我也不留你們吃早點了，來支美國菸吧。」他又在褲衩袋子裡，掏出賽銀菸盒子來，向二人敬著菸。李步祥向他使了個眼色，又一抬手就先走了。

范寶華將帶著的芭蕉扇，在胸前搖了幾搖，笑道：「凡事都有一個一定的步驟，急不來的，一個月兩個比期，哪個比期，我不是像平常一樣，從從容容地度過。這就是老早我已把款子預備好了。要給的錢，說破了嘴唇皮還是要給的，你們是摸不清我范老闆的脾氣，若是對我有相當的認識，真用不著天不亮就來堵我。這個時候，到金龍酒家來找我，一點不費事，還可以擾我一頓呢。你們天不亮就來，還不是沒有堵著我嗎？昨天晚上我就走了。我若有心躲這個比期，今天根本就不回來，又其奈我何？你們都太小氣。」說著，搖了扇子向回家的路上走。這兩個人自是默默地跟著，到了客室裡，還有四個債權人，渾身透出疲倦的樣子，靠了椅子背坐著。

范寶華向他們一抱拳道：「有偏了。家裡缺少招待，對不起得很。閒話少說，辦理債務要緊。現在我就開支票給各位。在支票沒有兌現以前，我不要各位把抵押品和借據交還給我。我的支票，也許是空頭，那不是要各位的好看嗎？但一樣的，我也是不放心。我把支票交給你們，你們一點憑據不給我，我也就太大方了。現在只要各位收了支票之後，給我寫個臨時收據，大家玩漂亮一點，好不好？」六個人看他這樣子，是實心實意的還債，就同聲答應了一句好。

范寶華叫道：「吳嫂，把我的皮包給我拿來。」吳嫂隨了這聲，提著一隻鎖好了的皮包，送到客室裡。范寶華在袋裡摸出鑰匙，將皮包打開了。取出兩本支票簿子來，然後再伸手到皮包裡去摸索著，自己哦了一聲道：「圖章在保險箱裡呢。」說著，起身就向樓上走去。

去了很久，他搖著頭走回客室來，一拍手道：「糟糕透了，保險箱的鑰匙丟了。」胡老闆道：「保險箱，不是對號的嗎？怎麼還要鑰匙？」范寶華道：「我這保險箱是雙重保險的，又對號，又有暗鎖。各位不要急，等我想想，我這鑰匙，是不是丟在金龍酒家呢？我是放在褲衩小口袋裡的，準是掏菸盒子的時候，隨手帶了出來了。我得親自去找找。這件事情，非同小可。」說著，一扭身就向大門口跑出去了。

這些債主，看他那樣焦急的樣子，這是事出不得已，不能攔著他去找鑰匙，大家只好還是在客室裡等著。只有胡老闆有點疑心，覺得事情怎麼如此湊巧？他出去找鑰匙，不要一找就永不回來吧。可是看到他放支票的皮包，還放在客廳的桌上，料著他又不會不回來。

五分鐘，十分鐘，十五分鐘，大家靜靜的坐著等下去。胡老闆首先有點不耐，問同伴幾點鐘了。有人戴著手錶的，抬起手臂來看了一看，嘆氣道：「到十二點，只差十分了。銀行上午辦事鐘點已過，一切只等下午了。」胡老闆站起來就向門外走去。卻和范寶華碰個正著。他手指上掛了一個帶銅圈的鑰匙，笑道：「找著了，找著了。在我的紙菸盒子裡放著呢。馬上開支票，馬上開支票。」他說著話，上樓去取下了圖章就坐到桌邊去，一個個的問著債權人，款子共是多少，就照著人家報的數目，抽出口袋裡的自來水筆，各開了一張支票。開完了支票，一一地蓋上圖章，將支票都放在桌上。笑道：「我的手續是辦了。各位應該每人給我一張收據，收據不能用自來水筆，請各位用毛筆寫吧。」他於是在旁邊桌子抽屜裡取出紙筆墨硯，請各人寫收據。

這時，隔壁屋子裡噹噹一陣時鐘響，正是敲著十二點。他臉上帶了得意的微笑，向大家道：「我這個人絕對守信用，說了今天上午還錢，絕不會等到下午。請賜收據吧。」這六個人看到人家的支票開在桌上，還有什麼話說。挨次地寫著收據，換取了桌上的支票。六個人把手續辦完，已是十二點一刻了。范寶華一拱手笑道：「六位請吧，該去吃午飯了。我還有三千年道行，沒有逼倒。哈哈。」這六個人被他奚落了兩句，也沒有話回答，還是帶著笑道歉而去。

第十六回　螳螂捕蟬黃雀在後

這一幕喜劇，范寶華覺得是一場勝利，他站在樓下堂屋裡哈哈大笑。身後卻有人問道：「老范啦。你這樣的高興，所有的債務，都已經解決了嗎？」說著這話的，是東方曼麗。她披了一件花綢長衣在身上，敞了胸襟下一路紐袢，沒有扣住。手理著散了的頭髮，向范寶華微笑。范寶華笑道：「不了了之吧。我在重慶這許多年，多少混出一點章法，憑他們這麼幾個人，就會把我逼住嗎？這事過去了，我們得輕鬆輕鬆。你先洗臉，喝點茶，我出去一趟，再回來邀你一路出去吃午飯。」

曼麗架了腿在長籐椅子上坐著，兩手環抱了膝蓋，向他斜看了一眼，抿了嘴笑著，只是點頭。范寶華道：「你那意思，以為我是假話？」

曼麗道：「你說了一上午的假話，作了一上午的假事，到了我這裡，一切就變真了嗎？你大概也是太忙，早上開了保險箱子，還沒有關起。是你走後，我起床給你掩上的，保險箱子裡的東西，全都拿走了，你還留戀這所房子幹什麼？你打算怎麼辦，那是你的自由，誰也管不著。不過我們多少有點交情，你要走，也不該完全瞞著我。」范寶華臉上，有點兒猶豫不定的顏色，強笑道：「那都是你的多慮，我到哪裡去？我還能離開重慶嗎？」

曼麗道：「為什麼不能離開重慶？你在這裡和誰訂下了生死合約嗎？這個我倒也不問你。我們雖不是夫妻，總也同居了這些日子，你不能對我一點情感沒有。你開除一個傭工，不也要給點遣散費嗎？」她說到這裡，算露出了一些心事。范寶華點著頭道：「你要錢花，那好辦。你先告訴我一個數目。」

曼麗依然抱著膝蓋，半偏了頭，向他望著，笑道：「我們說話一刀兩斷，你手上有多少錢，我們二一添作五，各人一半。」范寶華心裡暗想著：你的心也不太毒，你要分我家產的一半。但是他臉上卻還表示著很平和的樣子，吸了一支紙菸在嘴角裡，在屋子裡踱來踱去，自擦火柴，吸上一口，然後噴出煙來笑道：「你知道我手上有多少錢呢？這一半是怎麼個分法呢？」

曼麗道：「我雖然不知道，但是我估計著不會有什麼錯誤。我想你手上，應該有四五百兩黃金儲蓄券。你分給我二百兩黃金儲蓄券，就算沒事。縱然你有六百兩七百兩，我也不想。」范寶華只是默然地吸著菸，在屋子裡散步，對於她的話，卻沒有加以答覆。

吳嫂在一邊聽到這話，大為不服，沉著兩片臉腮，端了一杯茶，放到桌子角上，用了沉著的聲音道：「先生，你喝杯茶吧。你說了大半天的話，休息休息吧。錢是小事，身體要緊，你自己應當照應自己。錢算啥子，有人就有錢。有了錢，也要有那項福分，才能消受，沒有那福分把錢訛到手，也會遭天火燒咯。」

曼麗突然站起來，將桌子一拍，瞪了眼道：「什麼東西？你作老媽子的人也敢在主人面前說閒話。」吳嫂道：「老媽子朗個的？我憑力氣賺錢，我又不作啥下作事。我在我主人面前說閒話，與你什麼相干？你是啥子東西，到范公館來拍桌子。」曼麗拿起桌上一個茶杯，就向吳嫂砸了去。吳嫂身子一偏，嗆啷一聲，杯子在地上砸個粉碎。吳嫂兩手捏了拳頭，舉平了胸口，大聲叫道：「你講打？好得很。

你跟我滾出大門來，我們在巷子裡打，龜兒子，你要敢出來，老子不打你一個稀巴爛，我不姓吳。」說著，她向天井裡一跳，高招著手，連叫來來來。

曼麗怎樣敢和吳嫂打架，見范寶華在屋裡呆呆地站著，就指了他道：「老范，你看這還成話嗎？你怎麼讓老媽子和我頂嘴。」吳嫂在天井裡叫道：「你少叫老媽子。以先我吃的是范家的飯，作的是范家的工，也只有范先生能叫我老媽子。現在我是看到范家沒有人照料房屋，站在朋友情分上，和他看家，哪個敢叫我老媽子？」

曼麗正是感到吵嘴以後，不能下臺。這就哈哈大笑道：「范寶華，你交的好朋友，你就是這點出息。」吳嫂道：「和我交朋友怎麼樣，我清清白白的身體，也不跑到別個人家裡去睡覺，把身體送上門。」這話罵得曼麗太厲害，曼麗跳起來，要跑出屋子去抓吳嫂。范寶華也是覺得吳嫂的言語太重，搶先跑出屋子來，拖著她的手向大門外走，口裡連道不許亂說。

吳嫂倒真是聽他的話，走向大門口，回頭不見東方小姐追出來，這就放和緩了顏色，笑向他道：「好得很，我把你騙出來了。你趕快逃。家裡的事，你交給我，我來對付她。她罵我老媽子不是？我就是老媽子。只要她不怕失身分，她要和我吵，我就和她吵，她要和我打，我就和她打。料著她打不贏我。你走你走，你趕快走。」說著，兩手推了范寶華向巷子外面跑。

范寶華突然省悟，這就轉身向外走去。他的目的地，是一家旅館。李步祥正在床上躺著，脫光了上身，將大蒲扇向身上猛扇。看到范寶華來了，他跳起來道：「你來了，可把我等苦了。」說著，提起床頭邊一個衣服卷，兩手捧著交給他道：「你拿去吧。我負不了這個大責任。你打開來看看，短少了沒有？」

范寶華道：「交朋友，人心換人心。共事越久，交情越厚。花天酒地的朋友，那總是靠不住的。」因把家裡剛才發生的事情告訴了他。李步祥一拍手道：「老范，這旅館住不得，你趕快走吧。剛才我由大門口進來的時候，遇到了田小姐，她問我找誰，我失口告訴和你開房間。她現在也是窮而無告的時候，她不來訛你的錢嗎？」

范寶華笑道：「不要緊。她正和我商量和我一路逃出重慶去。」李步祥道：「哦！是你告訴她，你要在這裡開房間的，我說哪裡有這樣巧的事了。你得考慮考慮。」范寶華道：「考慮什麼，撿個便宜老婆，也是合適的事，我苦扒苦掙幾年，也免得落個人財兩空。」李步祥道：「老范，你還不覺悟，你將來要吃虧的呀。」他笑道：「我吃什麼虧，我已經賠光了。」他說著話，脫下襯衫，光了赤膊，伸了個懶腰笑道：「一晚上沒有睡。我該休息了。」

李步祥正猶豫著，還想對他勸說幾句。房門卻卜卜地敲著響，范寶華問了聲誰。魏太太夾了個手皮包，悄悄地伸頭進來。看到李步祥在這裡，她又縮身回去了。范寶華點了頭笑道：「進來吧。天氣還是很熱，不要到處跑呀。跑也跑不出辦法來的。」魏太太這就正了顏色走進來，對他道：「我是站在女朋友的立場，告訴你一個消息的：……曼麗和四奶奶通了電話，說你預備逃走。她說，你若不分她一筆錢，她就要通知你的債主，把你扣起來。我是剛回四奶奶家中，聽了這個電話，趕快溜了來告訴你，你別讓那些要債的人在這裡把你堵住了。在旅館裡鬧出逼債的樣子，那可是個笑話。」

范寶華道：「曼麗在哪裡打的電話？朱四奶奶怎樣回答她？」魏太太道：「她在哪裡打的電話，我不知道。四奶奶在電話裡對她說，請她放心。姓范的可以占別個女人的便宜，可占不到東方小姐朱四奶奶的便宜。非叫你把手上的錢分出半數來不可。我本想收拾一點衣服帶出來的。我聽了這個電話就悄悄地由後門溜出來了，趕快來通知你。你手上還有幾百兩金子，早點作打算啦。四奶奶手段通天，你有弱點抓在她們手上，你遇著了她，想不花錢，那是不行的。小徐占過她什麼便宜，她還要我在法院裡告他呢。在眼前她會唆使曼麗告你誘姦，又唆使你的債權人告你騙財，你在重慶市上怎麼混，趁早溜了，她就沒奈你何。」

范寶華被她說著發了呆站住，望了她說不出話來。李步祥道：「這地方的確住不得，你不是說要下鄉去嗎！你遲疑什麼？趕快下鄉去，找個陰涼地方睡覺去，不比在這裡強？」

范寶華道：「也好。我馬上就走。請你悄悄地通知吳嫂，說我到那個地方去了。她心裡會明白的。今天你的比期怎樣？你自己也要跑跑銀行吧？你請吧，不要為我的事耽誤了你自己的買賣。」李步祥看了看魏太太，向老范點點頭道：「我們要不要也通通消息呢？」范寶華道：「那是當然，你問吳嫂就知道。」魏太太裝著很機警的樣子，他們在這裡說話，她代掩上了房門，站在房門口。

李步祥和范寶華握了手道：「老兄，你一切珍重，我們不能再栽斤斗啊。」說著，他一招手告別，開著門出去了。范寶華跑向前，兩手握了魏太太的手道：「你到底是好朋友。」她一搖頭道：「現在沒有客氣的工夫了。你下鄉是走水路還是走旱路，船票車票，我都可以和你打主意。」范寶華道：「水旱兩路都行。水路坐船到磁器口，旱路坐公共車子到山洞。」魏太太道：「坐船來不及了。第二班船十二點半鐘已開走，第三班船，四點鐘開，又太晚了。到歌樂山的車子一小時一班，而且車站上我很熟，事不宜遲，我馬上陪你上車站，你有什麼東西要帶的沒有？」范寶華道：「我沒有要帶的東西，就是這個手巾包。」魏太太伸手拍了他的肩膀道：「不要太貪玩了，還是先安頓自己的事業吧。你看昨晚上何經理的行為，是個什麼結果？快穿上衣服，我們一路走。」范寶華到這個時候，又覺得田小姐很是不錯了。立刻穿上衣服，夾了那個衣包，又和她同路走出旅館。

旅館費是李步祥早已預付了的，所以他們走出去，旅館裡並沒有什麼人加以注意。他們坐著人力車子，奔到車站，正好是成堆的人，蜂擁在賣票的櫃檯外面。那要開往北郊的公共汽車，空著放在車廠的天棚下。查票的人，手扶了車門，正等著乘客上車。魏太太握著他的手道：「你在陰涼的地方等一等，我去和你找車票。」

她正這樣說著話，那個查票的人對她望著，卻向她點了個頭。魏太太笑道：「李先生，我和你商量商量。讓我們先上去一個人，我去買票。」那人低聲道：「要上就快上，坐在司機座旁邊，只當是自己人，不然，別位乘客要說話的。」魏太太這就兩手推著他上了車去。范寶華這時是感到田小姐純粹出於友誼的幫忙，就安然地坐在司機座旁等她。

不到五分鐘，拿了車票的人，紛紛地上車。也只有幾分鐘，車廂裡就坐滿了。可是魏太太去拿票子以後，卻不見蹤影。他想著也許是票子不易取得。好在已經坐上車了，到站補一張票吧。他想著，只管向車窗外張望，直待車子要開，才見她匆匆地擠上了車子。車門是在車廂旁邊的。她擠上了車子，被車子裡擁擠的乘客塞住了路，卻不能到司機座邊去。范寶華在人頭上伸出了一隻手，叫道：「票子交給我吧。」魏太太搖搖手道：「你坐著吧。票子捏在我手上。」范寶華當了許多人的面，又不便問她為什麼不下車。

車子開了，人縫中擠出了一點空當，魏太太就索性坐下。車子沿途停了幾站，魏太太也沒有移動。

直等車子到了末站，乘客完全下車，魏太太才引著老范下車來。范寶華站在路上，向前後看看，見是夾住公路的一條街房，問道：「這就是山洞嗎？這條公路，我雖經過兩次，但下車卻是初次。」魏太太笑道：「不，這裡是歌樂山，已經越過山洞了。你和吳嫂約的地方，是山洞嗎？」范寶華道：「我離開重慶，當然要有個長治久安之策。我托她在那附近地方找了一間房子。」

魏太太笑道：「那也不要緊，你明天再去就是了。這個地方，我很熟，你昨晚一宿沒睡，今天應該找個涼爽地方，痛痛快快地睡一覺。關於黃金生意也罷，烏金生意也罷，今天都不必放到心裡去。」

范寶華一想，既然到了這地方，沒有了債主的威脅，首先就覺得心上減除了千斤擔子，就是避到吳嫂家裡去，也不在乎這半天。明日起個早，趁著陰涼走路，那也是很好的。便向她點點頭笑道：「多謝你這番布置。」

魏太太抿了嘴先笑著，陪他走了一截路。才道：「我也是順水人情。歌樂山我的朋友很多，我特意來探望他們另找出路。同時，我也就護送你一程了。」說著話，她引著范寶華走向公路邊的小支路。這裡有幢夾壁假洋樓，樓下有片空地，種滿了花木，在樓下走廊上有兩排白木欄杆，倒也相當雅緻。樓柱上掛了塊牌子，寫著清心旅館。范寶華笑道：「這裡一面是山，三面是水田，的確可以清心寡慾，在這裡休息一晚也好。」

魏太太引著他到旅館裡，在樓下開了一個大房間，窗戶開著，外面是一叢綠森森的竹子。竹子外是一片水田。屋子裡是三合土的地面，掃得光光的。除一案兩椅之外，一張木架床，上面鋪好了草蓆。屋子裡石灰壁糊得雪白，是相當的乾淨。正好一陣涼風，由竹子裡穿進來，周身涼爽。魏太太笑道：「這地方不錯，你先休息休息，回頭一路去吃一頓很好的晚飯。」范寶華道：「你不是要去看朋友嗎？」魏太太笑道：「我明天去了，免得你一個人在旅館裡怪寂寞的。」范寶華點點頭道：「真是難得，你是一位患難朋友。」

他這樣說著，魏太太更是體貼著他，親自出去，監督著茶房，拿了一隻乾淨的洗臉盆和新手巾來，繼續送的一套茶壺茶杯，也是細瓷的。范寶華將臉盆放在小臉盆架子上洗臉擦澡，她卻斟了兩杯茶在桌上涼著。范寶華洗完了，後面窗戶外的竹陰水風，只管送進來，身上更覺得輕鬆，而眼皮卻感到有些枯澀。魏太太端了茶坐在旁邊方凳子上，對他看看，又把嘴向床上的蓆子一努，笑道：「你忙了一天一夜，先躺躺吧。」

范寶華端起一杯涼茶喝乾了，連打了兩個呵欠。靠了床欄杆望著她道：「我很有睡意。你難道不是熬過夜，跑過路的？」她道：「你先睡。我也洗把臉，到這小街上買把牙刷。晚上這地方是有蚊子的，我還得買幾根蚊香，你睡吧，一切都交給我了。」

范寶華被那窗子外的涼風不斷吹著，人是醺醺欲醉。坐在床沿上對魏太太笑了一笑，她也向老范回笑了一笑。老范要笑第二次時，連打了兩個呵欠。魏太太走過來，將他那個布包袱在床頭邊移得端正了，讓他當枕頭，然後扶了他的肩膀笑道：「躺下躺下……睡足了，晚上一路去吃晚飯，晚飯後，在公路上散步，消受這鄉間的夜景。過去的事，不要放在心上，以後我們好好的合作，自有我們光明的前途。」說著，連連地輕拍著他的肩膀。

范寶華像小孩子被乳母催了眠似的，隨著她的扶持躺下了。魏太太趕快地給他掩上了房門。窗子沒關，水竹風陸續地吹進屋來，終於是把逃債的范寶華送到無愁鄉去了。

魏太太輕輕地開了房門出來，到了帳房裡，落好了旅客登記簿，寫的是夫婦一對，來此訪友。登記好了，她走出旅館來，遠遠看到支路的前面，有個人穿了襯衫短褲，頭蓋著盔式帽的人，手裡拿根粗手杖，只是向這裡張望。看到這裡有人走路，他突然地回轉身去。他戴了一副黑眼鏡，路又隔了好幾十步，看不清是否熟人。不過看他那樣子，倒是有意迴避。她想著：這是誰？我們用閃擊的方法，逃到歌樂山有誰這樣消息靈通，就追到這裡來？這是自己疑心過甚，不要管他。於是大著步子走到街上，先到車站上去看了一看，問明了，八點鐘，有最後一班進城的車子。又將手錶和車站上的時鐘對準了。

走開車站，又到停滑竿的地方，找著力夫問道：「你們晚上九點鐘，還在這裡等著嗎？」這裡有上十名轎伕，坐在人家屋簷下的地上等生意。其中一個小夥子道：「田小姐，你好久不來了。你說一聲，到時候，我們去接你。」魏太太道：「不用接我，晚上八點半鐘在這裡等我就可以。我先給你們五百元定錢。」說著，就塞了一疊鈔票在他手上，然後走去。

她安頓好了，於是在小雜貨舖裡買了幾樣東西，步行回旅館。這時，夕陽已在山頂上，山野上鋪的陽光，已是金黃的顏色了。她心裡估計著，這些行動，絕不會有第二個人知道。不過這顆心，像第一次偷范寶華的現鈔一樣，又有點跳躍。她想著：莫非又要出毛病。她想著想著，走近旅館，回頭看時，那個戴盔式帽，戴黑眼鏡的人，又在支路上跟了來。她忽然一轉念，反正我現在並沒有什麼錯處，誰能把我怎麼樣？我就在這裡挺著，等你的下文。於是回轉身來，看了那人。

那人似乎沒有理會到魏太太。這支路上又有一條小支路，他搖撼著手杖，慢慢地向那裡去了。看那樣子，是個在田野裡散步的人。魏太太直望著他把這小路走盡了頭，才回到旅館去。她已證明自己是多疑，就不管大路上那個人了。

回到屋子裡，見范寶華彎著身體，在蓆子上睡得鼾聲大作，那個當枕頭的包袱，卻推到了一邊去，她走到床邊，輕輕叫了幾聲老范，也沒有得到答覆。於是將買的牙刷手巾，放在床上，口裡自言自語道地：「我把這零碎東西包起來吧。」於是輕輕移過那包袱，緩緩地打開。果然裡面除了許多單據而外，就是兩卷黃金儲蓄券。她毫不考慮，將手邊的皮包打開，將這可愛的票子收進去。皮包合上，暫時放在床頭邊。然後把布包袱重新包好，放在原處。

這些動作很快，不到十分鐘作完。看看范寶華，還是睡得人事不知。她坐在床沿上出了一會神，桌上有范寶華的紙菸盒與火柴盒，取了一支菸吸著。她把支菸吸完，就輕輕地在老范腳頭躺下。心裡警戒著自己，千萬不要睡著。她只管睜了兩隻眼睛，看著窗外的天色。天色由昏黃變到昏黑，茶房隔著門叫道：「客人，油燈來了。」魏太太道：「你就放在外面窗臺上吧！」說著，輕輕地坐起來，又低聲叫了兩聲老范。老范還是不答應。她就不客氣了，拿了那手皮包輕輕地開了房門出來，復又掩上。然後從容放著步子，向外面走去。

這時，星斗滿天，眼前歌樂山的街道，在夜幕籠罩中，橫空一道黑影，冒出幾十點燈火。腳下的人行路，在星光下，有道昏昏的灰影子。她探著腳步向前，不時掉頭看看，身後的山峰和樹木，立在暗空，也只是微微的黑輪廓。好一片無人境的所在。她夾緊了肋下的皮包，心想：我總算報復了。忽然身後有人喝道：「姓田的哪裡走？」她嚇得身哆嗦，人就站住了。

第十七回　收場幾個忍心人

魏太太本來就是心虛的，任何響聲，都可以讓她吃一驚，這種喝叫的聲音，根本就來得很厲害，她不能不站住了腳。那個追來的人，腳步也非常的快，立刻就到了面前。星光之下，魏太太還可以看出那人影子的輪廓，正是下午兩次遇到在支路上散步的人。他道：「田小姐，久違久違，你好哇？你應當聽得出來我的聲音，我是洪五爺。」魏太太哦了一聲。

洪五爺道：「我告訴你，我也住在旅館裡。登記簿上，是我朋友的房間，所以你不知道窄路相逢。現在你打算怎麼辦？把老范的東西，拐到重慶去出賣嗎？他算完了，你還要席捲他的東西，你不是落井下石？」魏太太道：「我，我，我不怎麼樣？」

洪五帶了笑音道：「不要害怕。老范是個躲債的人，他不能出面和你為難。我呢，記得很清楚，你騙了我兩顆鑽石戒指。那東西哪裡去了？」魏太太道：「那是你送我的呀。我賭錢輸掉了，現在可不能還你。」

洪五道：「我也不要你還。但是你要聽我的命令，你和我一路回重慶去。老范的東西，你交給我，我去還他。」魏太太道：「我沒有拿他什麼東西。」

洪五道：「你這個女流氓，比妓女還不如。妓女拿身體換錢，只是敲敲竹槓而已。你是又偷又騙，無所不為。你放明白一點，東西拿過來。老實告訴你，我在那房間窗戶外面，藏在竹子林裡，看你多時了。我怎麼知道你到歌樂山的，我到范家去看老范，知道老范跑了，路上遇到李步祥，又知道你們在旅館裡。趕到旅館門口，我看見你坐人力車上公共汽車站，我知道歌樂山是你賭錢的老地方，晚一班車子追了來，一看就猜個正著。話都告訴你了，你還有什麼話說？」魏太太道：「我和你同到重慶去就是。」

洪五道：「你先把東西拿過來。」說著，他伸出手來，就把魏太太肋下夾的這個包袱搶著奪了過去。同時，他亮著手上的手電筒，對她臉上射出一道白光。見魏太太呆了臉色，怔怔地站著，不由得放聲哈哈大笑。魏太太怕他這聲音驚動了人，下意識地提起腳來就跑，一直跑到街上去。

到了街上，她站著定了一定神，想著是就這樣算了呢？還是去找他理論把東西退回老范。思索的結果，覺得大家翻起臉來，只有女人丟面子。歌樂山還有不少的女友，這話揭穿了，是把自己一條求財之路打斷。於是向著車站的一條路上走，把最後一次的金子夢打破。

她搭坐著晚班汽車到重慶，那已經是晚上十點鐘了。她帶了一臉懊喪的顏色，回到朱四奶奶公館。這時晚飯吃過了，她家正有一桌麻將在打。朱四奶奶自己只在賭桌旁邊招待，並沒有上桌。魏太太看到小客堂裡燈火輝煌，料著在賭錢，這就不敢驚動誰，悄悄地回到自己臥室裡去。

她回到屋子裡，看到屋子裡情形，和出去的時候是一樣，這讓她像作了一場夢又醒過來，原以為早上出去，生活將有個大大的轉變，誰知跑出去幾十公里，還是回到這個屋子來安歇。什麼也沒有得著。今天這場夢算完了，明日將怎樣地去重新找出路呢？她無精打采地就向床上一倒。她當然是睡不著，她仰在床上，睜了兩隻眼睛，向天花板上望著，兩隻腳在床沿下，不住地來回晃蕩著。

門一推，朱四奶奶進來了。她手扶了門，向魏太太微笑了一笑，然後點了頭道：「辛苦了，由歌樂山回來。」魏太太突然的坐了起來問道：「你的消息很靈通。」四奶奶道：「我並不要打聽你的消息，可是人家巴巴地由歌樂山打了長途電話來，我也不能不聽。老賢妹，你對於范寶華的行為，那我管不著，但是曼麗是我們自己人，你這樣一來，曼麗一隻煮熟了的鴨子，可給你趕跑了。她若知道這件事，她肯和你善罷甘休嗎？」

魏太太道：「大家都是朋友，誰也不能干涉誰吧？」四奶奶正了顏色道：「話不能那樣說吧？假如這個時候，你和老范同居，她把老范人帶了走，錢也帶了走。你的態度應當怎麼樣？」說著，她走進屋子來，索性在椅子上坐著，板了臉道：「你現在有兩條路可走。一條路是依了我的話，找著我指定的律師告小徐一狀。一條路是你明天就離開我這裡。我這裡縱然可以作救濟院，但是我們自己人不能害自己人，我也不救濟漢奸。現在我也不要你馬上答覆我，我容許你今晚上作一夜的考慮。」說著，她站起身來就走出門去了。

魏太太在屋子裡站站又坐坐，有時靠了桌子，斟杯茶慢慢地喝著，有時又燃一支菸吸著，對了牆上懸的一面鏡子看自己的相貌。房門輕輕地推著，有人低聲叫了句佩芝，回頭看時，正是那青衣名票宋玉生。他穿一身湖水色的綢褲褂，一點皺紋沒有，梳得烏光的頭髮，配著那雪白的臉子，先就讓人有幾分歡喜了。這就笑著向他點了兩點頭道：「進來坐吧。」

宋玉生進來，就在四奶奶剛才坐的那張椅子上坐下了。他望了魏太太的臉色道：「你的顏色為什麼這樣不好看？」魏太太淡淡的一笑道：「你這不是明知故問？」玉生笑道：「你若把我還當你一個朋友的話，我勸你還是接受四奶奶的要求。你為什麼不願告小徐一狀，難道你還愛他嗎？」魏太太道：「笑話？我認識他，完全是四奶奶導演的。我愛他哪一點，除非為了他有錢，可是他有錢，也沒有給我多少。」

宋玉生兩手一拍，笑道：「這不結了。你認識小徐，是四奶奶的導演，現在你更應當聽四奶奶的導演。四奶奶為你導演這齣戲，無非是要和你找條出路，現在你什麼沒有得著，白讓姓徐的占你一番便宜，不但四奶奶不服，連我也不服。」魏太太笑道：「你當然不服了。」說著，伸手在他臉腮上撅了一下。她是輕輕伸著兩個指頭撅他一下的，然而他臉腮上，就有兩塊小紅印。魏太太向他笑道：「你看，你還是個男子漢啦，輕輕地掏一把，你就受了傷了。」

宋玉生笑道：「我就恨，我這一輩子不是女人，這年頭兒作男子沒有好處，凡事都落在下風。」魏太太笑道：「所以你愛唱青衣花旦的戲了。我這裡有好菸，來支菸吧。你是難得到我這屋子裡來坐坐的。」說著，她將放在床上的手提包打開，取了一盒美國菸出來敬客。

宋玉生立刻在小褂子袋裡，掏出一疊鈔票，悄悄地塞到她皮包裡去。魏太太取一支紙菸塞到他嘴裡，又親自擦著火柴，給他點著，笑問道：「你是怎麼回事。今天對我這樣的客氣。」

宋玉生道：「我也是為你的前途呀！你現在是什麼辦法都沒有了，自己又愛花錢又愛賭，你不找條出路怎麼辦？依著我的意思，四奶奶叫你做的事，你實在可以接受。根本用不著你上法庭打什麼官司。只要律師寫封信去，也就嚇倒了。他並沒有作黃金倒把，他那公司絲毫不受黃金風潮的影響。這個日子，不受黃金影響的人，就是發財生意，你為什麼不趁這個機會敲他一筆。」說到這裡，他起來順手將房門掩著，先走近了一步，低聲笑道：「我被這位統制得太苦，我又沒什麼錢。我假如有錢，我就帶你離開重慶了。」魏太太將嘴撇道：「你又拿話來騙我。我不信你的話。」

宋玉生道：「你得仔細地想想。這個世界，除了我，還有誰能了解你，你不聽我的話，你不會有出頭之日的，我呢？人家都把我當個消遣品而已。只有你看得起我。現在你也不信我的話，我沒有法子了。我幻想中那個好夢，現在作不成了。」這幾句話，本來就字字打入了魏太太的心坎。加上他說的時候，又是那樣愁眉苦臉。魏太太嘆了口氣道：「為了你，我再做一次出醜賣乖的事。好在姓徐的對我也無感情可言。」

宋玉生拉了她的手，亂搖晃了一陣，笑道：「好極了，好極了。」當時魏太太也有些疑惑，為什麼告姓徐的一狀，姓宋的會叫好極了呢？可是她一見到宋玉生遇事溫存周到，就不忍追問他了。當晚和宋玉生談了兩小時，就把一切計劃決定。

次日上午，四奶奶又恢復了和她要好的態度。到了第三日，幾家大報上登出了一條律師受聘為田佩芝法律顧問的廣告。不知道田佩芝是甚樣人的，當然不介意，而對這廣告最關心的，還是他原來的丈夫魏端本。

他為了小孩子的話，回到重慶，來找他們的母親，正是有點躊躇，現在看到了這段廣告，他卻是發生了好幾點疑問，田佩芝是不是有意要這兩個孩子？根據法律，小孩子太小，她有這權利帶了去養活。根據經濟力量，那她是太不能和沿街賣唱的人相比了，小孩子當然也願意和她過活。那個律師的廣告，明明白白登載了事務所的地點，他就帶了兩個孩子找到律師那裡去。律師也並沒有想到田小姐的廣告是對付姓徐的，而首先卻是姓魏的來找。這事並沒有和當事人談過，他不知道田佩芝是什麼意思，就改約了第二日再談。但又怕在事務所裡遇到了姓徐的來人，並指定了地點，是中山公園的茶亭。

重慶沒有平地，公園也是在半邊山上。當年也沒有料想到這裡會作抗戰首都，公園的面積，也是一覽無餘。只是這個茶館，卻非常的熱鬧，沿著山腰，一樓一亭，還有幾十張散座，常是坐滿了人，而這也是花錢極少，可以消遣半日的地方。在那裡泡一碗沱茶，俯瞰揚子江，遠看南山，讓終天通住在鴿籠裡的人，可以把胸襟舒展片時。魏端本在每日下午，總帶著兩個孩子，到茶座外面山石上唱幾個歌。他們唱的《好媽媽》，總是讓品茶的人，引起了同情心。小渝兒和小娟娟一伸手和人家要錢，很少有人拒絕。他們看準了這裡是個財源，總得在這裡混兩三小時，這樣，大家都認識他們了。

履約的這一天，魏端本怕是爭論不過對方，跑了一上午，在百貨交易的市場上，找到了李步祥，並懇求了陶太太半天不賣紙菸，同到公園的茶亭上來。他向來是不在這裡泡茶喝的，這時也就在大亭子裡占了個座位，泡了三碗沱茶。

李步祥也是常到這裡的人，茶房認得他，端著茶碗來的時候就向他笑道：「李老闆，你也認得這唱歌的兩個小娃？」李步祥問魏端本道：「你也常來？」他嘆口氣道：「我還有富餘錢坐茶館嗎？這幾天常帶著孩子到這裡來賣兩小時的唱。自然，也不免遇到熟人。可是我顧不了這個面子，每天的伙食要緊。這裡是最能賣唱的一個地方，我捨不得丟開。」

陶太太一擺頭道：「不要緊。當初我擺香菸攤子的時候，也是有些不好意思，可是我想到這又不是一天兩天的事，長遠要靠這個為生，偷偷摸摸地躲著人，這小生意怎樣的做，所以我索性大大方方地擺攤子。這樣一來，不但沒有人鄙笑我，而且都同情我。賣唱要什麼緊，那還不是憑自己本事吃飯嗎？」

她這麼一說，倒引起了鄰座位的注意。有人看到小娟娟也爬在桌子邊方凳子上坐著，就走過來摸了她的頭笑問道：「小朋友，今天唱歌還先喝碗茶潤潤嗓子嗎？」她搖搖頭道：「我今天不唱歌，到這裡來等我媽媽。」那人問道：「你還有媽媽嗎？」她很得意點了個頭道：「我怎麼沒有媽媽？等一會兒就來。」

這人也是多事。看到娟娟說有媽媽，把她所唱的我有一個《好媽媽》聯想起來，頗是新聞。便向她姐弟二人招了兩招手，把他們叫到自己桌子邊去，買了一些糖果花生給他們吃。那桌子和魏端本所坐的地方，只相隔了兩三尺空地，他只是向那個人點了幾點頭，說聲多謝，也沒有攔著。那桌上也有三四個茶客，就都逗引著他姐弟們說話。

小渝兒打著一雙赤腳，只穿了條青布短褲衩。上身是件黃夏布背心，也只有七八成新。魏端本今日忙著，也沒有工夫給他擦澡，兩隻光手臂，都抹上了一層灰。他拿了塊米花糖，站在桌子邊吃。一個茶客笑道：「往日你唱歌，都弄得乾乾淨淨的，今天等你媽，倒不乾淨了。我要罰你唱個歌。」小渝兒吃得正高興，當眾唱歌又是作慣了的事，說唱就唱，拉著娟娟道：「姐姐，你也唱吧。」小娟娟雖是穿了件帶裙子的花夏布女童裝，可是蓬著頭髮，今天沒有梳兩個小辮。茶客也笑道：「對了，她也該罰，今天沒有平常漂亮。」小娟娟信以為真，就和小渝兒站在茶座中間，唱起《好媽媽》來。因為他們認為這個歌是最能叫座的。

他們一唱，茶座上的人看到這一對不滿三尺的小孩，唱著這諷刺性的歌，都注意地聽著。當他們唱到最後一段：「她打麻將，打唆哈，會跳舞，愛坐汽車，愛上那些，就不管娃娃。」大家也正預備鼓掌。就在這時，小渝兒突然停止了不唱，跳起來大叫一聲道：「媽媽來了。」小娟娟隨了兄弟這聲叫，連喊著媽媽，就向茶亭子外奔了去。

聽唱的茶客，總以為這兩個孩子是沒有媽的。縱然有媽，由這父子三個人身上去推測，那也一定是很狼狽的。這時，隨了小娟娟的喊聲看了去。見面前有一個漂亮少婦，滿臉的胭脂粉，身穿一件白綢彩色印花長衫。腳上登了最時髦的前後漏幫的乳色皮鞋。肋下夾著一隻放亮的玻璃皮包。這東西隨盟軍飛機而來，還不到半年呢。只看她的手指甲，塗著通紅的蔻丹，那就不是做粗事的人。

小娟娟姊弟就奔向這個少婦，連聲叫著媽媽，這邊桌上的陶太太，忘其所以，還照著舊習慣，站起來叫了聲魏太太。她隨在律師後面，老遠地就看到兩個小孩子在茶座人叢中唱歌。那歌詞雖不十分清楚，但看到全茶座向這兩個髒孩子注意，就怕當場出醜，把步子緩了下來。這時兩個孩子跑了過來，大家的眼光也都隨了過來，她感到這事情太沒有祕密了。尤其是魏端本蓬了一頭短髮，穿套灰色布袍服，像個小工，在大庭廣眾之中和他去開談判，那太丟人了。她立刻站了腳，向律師道：「我不和他們談話了。這簡直是有意侮辱我一場。」說畢，扭轉身就要走。

小渝兒幾個月不見媽媽了，現在見了媽媽，真是在苦海中得了救命圈，跑上去，扯著她衣服的下擺，身子向後仰著，亂叫媽媽。小娟娟也站在她面前，連叫了幾聲媽。魏太太紅著臉，伸手將小渝兒的手撥開，連道：「你們不要找我，你們不要找我。」茶座上的人這就看出來了，這和小孩子唱的歌詞裡一樣，真是一個不要孩子的摩登婦人，都瞪了眼望著。

魏太太見人都注意了她，更是心急，三把兩把，將小渝兒的手撥開，扭身就跑。小渝兒跳了腳叫道：「媽媽不要走呀。我要媽媽呀？」小娟娟也哇的一聲哭了。這時，茶座上不知誰叫了一聲：「豈有此理！」又有人叫：「打！」也有人叫：「把她抓回來。」世界上自然還有那些喜歡打抱不平的人，早有四五個茶客，飛奔了出去，口裡連喊著：「站住。」

魏太太穿的是高跟鞋，亭子外一道橫山小路，常有坡子，她跑不動，只得閃在那同行的律師後面。律師也覺魏太太過於忍心，便搖了手擋住眾人道：「各位，有話好說。她是個婦人，我們可以慢慢地和她說。」李步祥在後面也追了上來，抱了拳頭向那幾個人道：「多謝多謝，我們還是和她講理吧。」

這些人不能真動手打人，有兩個人攔著，也就站在路頭上，瞪了眼向魏太太望著。有人問李步祥道：「這孩子是她生的嗎？」李步祥道：「當然是她生的。家家有本難念的經。一時也說不清，他們鬧著家庭糾紛，已經分開了。我們朋友，正是來和他們解決這個問題呢。」

魏端本這時帶了兩個孩子也走向前，對太太點了個頭道：「佩芝，你跑什麼？我也不能綁你的票呀！我窮了，你闊了，我並不要你再跟我。不過孩子總是你生的。母子見了面，說兩句話，有什麼要緊呢？」魏太太一看，圍繞著山坡上下，總有上百人來看熱鬧。魏端本那一身窮相，和自己對比著，實在不像樣子。便頓了腳道：「你好狠的心。你騙了我到這地方來，公然侮辱我。你什麼東西，你是犯了私挪公款作黃金的小貪官。你有臉見我，我還沒臉見你呢。有什麼話，你對我的律師說。我已被你羞辱了一場，你還要怎麼樣？」說著，也哇的一聲哭了起來。

陶太太由人叢中擠了向前，扯著她道：「田小姐，不要在這裡鬧，到我家裡去談吧。」說著，扯了她就走。看熱鬧的人，雖然很是不平，一來她是女人，二來她又哭了，大家也就只是站著呆望了她走去。小娟娟小渝兒都哭著要媽。魏端本一手扯住一個，嘆了氣道：「孩子，你還要她幹什麼？她早就把我們當叫花子了！」李步祥也幫著他哄孩子，先把小渝兒抱了起來，對他道：「別哭別哭，我一會兒帶你去找她。」兩個孩子哪裡肯聽，只是哇哇地哭著。

魏太太走的是上坡路，群集著看熱鬧的人，就把她的行蹤，看得清清楚楚。她走著路，不時掀起那片花綢長衫的衣襟，看是否讓小渝兒的髒手印上了一塊黑跡，至於這裡兩個小孩子叫媽，她並不回頭望一下。這又有人動了不平之火，罵道：「這個女人，好狠的心。」接著又有人喊了個打字，於是一片叫打的聲音。也不知哪一位首先動手，在地面撿了一塊石子，遙遠地向魏太太後身拋了去。這一塊一石子就引起了一起石雨，都是向她身後飛來。雖然都沒有砸到她身上，她也就嚇得亂跑。在這裡，讓她明白了一件事：就是在人群之中，雖沒有利害的關係夾雜著，是非與公道，依然是存在的。

第十八回　爆竹聲中一切除

這幕悲喜劇，最難堪的是魏太太了。她很快地離開了公園，轉身握著陶太太的手道：「這是哪裡說起？我特意來看孩子，多少也許可以和姓魏的幫一點忙，他為什麼布置這樣一個圈套，當眾侮辱我一場。好狠。從此，他們不要再認識我這個姓田的。至於兩個孩子，那是彼此的孽種。不為這孩子我不會跟姓魏的吃這多年的苦。姓魏的呢？不為這孩子，他一個人也可以遠走高飛。我現在也是講功利主義，不能為任何人犧牲。再見吧，陶太太。」說著，街邊正停著一輛人力車子，她也沒有講價錢，跳上車子，就讓車伕拉著走了。她為了和律師還要取得聯絡，就回到朱四奶奶那裡去等電話。

果然，不到半小時，律師的電話來了，她在電話裡答道：「這件事，是那條法律顧問的廣告招引來的。不要再登了。小徐若是沒有反響的話，我們就向法院裡去遞狀子，不要再這樣囉哩囉唆了。」

四奶奶的電話，是在樓上小客室裡，那正和四奶奶休息的所在，只隔一條小夾道。電話說到這裡，她跑過來搶過電話機，笑道：「大律師，晚上請到我家裡來吃晚飯吧。一切我們面談。電話是解絕不了問題的，回頭見，回頭見。」說著，她竟自把電話掛上。她回過頭來，看到魏太太的臉色紅紅的，眼角上似乎都藏著有兩泡眼淚，便握著她的手道：「怎麼回事？你又受了什麼打擊了嗎？」她搖了頭隨便說了沒有兩個字，接著又淡笑道：「我們受打擊，那還不是正常的事？我的事也瞞不了你，我在重慶混不下去。」

四奶奶道：「那為什麼？」魏太太就牽著四奶奶的手，把她引到自己臥室裡來，把公園裡所遇到的那段故事，給四奶奶說了。四奶奶昂頭想了一想，她又把手撫摸了幾下下巴，正了顏色道：「老賢妹，你若是相信我的貢獻的話，我倒是勸你暫時避一避魏端本的鋒芒。」魏太太愕然地望了她道：「這話怎麼解釋？」四奶奶道：「無論姓魏的今天所作，是否出於誠心，今天這一道戲法，即是大獲全勝，他就可能繼續地拿了出來，反正你沒有權力不許他賣唱，也不能禁止那兩個孩子叫你作媽。你在重慶街上，簡直不能出頭了。我勸你到歌樂山出去躲避一下，讓我出馬來和你調停這個問題。」

魏太太本來是驚魂甫定，面無人色，現在四奶奶這樣一說，她更是覺得心裡有點慌亂。問道：「難道他們派有偵探，知道我的行動嗎？」四奶奶道：「你到哪裡去，他不知道？首先他知道你住在我這裡，他可以帶了兩個孩子到門口來守著。高興，他們就在這門口唱起《好媽媽》來。我姓朱的，也只能對我大門以內有權。若是他在我這大門外擺起唱歌的場面，我是干涉不了的，也許他明天就來。」

魏太太抓著四奶奶的手道：「那怎麼辦？那怎麼辦？你這裡朋友來了，不是讓我無地自容嗎？」四奶奶微笑道：「我不說，你也不著急。我一說明，你就急得這個樣子。這沒有什麼了不得，你今天就搭晚班車，到歌樂山去。也許洪五還在那裡，你還有個伴呢。」

魏太太道：「小徐的官司，怎麼進行呢？」四奶奶道：「那好辦，明場，有律師和你進行。暗場，我和你進行。現在我給你一筆款子，你到歌樂山去住幾天。我們隨時通電話。」

這時，樓下傭人們，正在聽留聲機，而留聲機的唱片，正是歌曲的《漁船曲》。她還抓著四奶奶的手呢，這就不由得亂哆嗦了一陣道：「他們在唱嗎？」四奶奶笑道：「不要害怕，這是樓下傭人開著話匣子。」

魏太太道：「既然如你所說，那我就離開重慶吧。不過范寶華這傢伙也在歌樂山，他若遇見了我，一定要和我找麻煩的。」四奶奶撩著眼皮笑了一笑道：「他呀，早離開歌樂山了。我的消息靈通，你放心去。」說著，她回到自己臥室裡去取了一大疊鈔票來，笑道：「這都是新出的票子，一千元一張的，你花個新鮮，共是三十萬元，你可以用一個禮拜嗎？」她道：「這是三兩多金子，我一個禮拜花光了，那也太難了。」四奶奶笑道：「只要你手氣好，兩個禮拜也許都可以過下去。」

魏太太正要解說時，前面屋子裡電話鈴響，四奶奶搶著接電話去了。只聽到四奶奶道：「我馬上就要出門了，明天上午到我這裡來談吧。不行不行，我不在家，就沒有人作主了。」

魏太太一聽這話，好像是她拒絕什麼人前來拜訪，就跑到她面前來問道：「誰的電話？」朱四奶奶已是把電話掛上了。她抿了嘴繃著臉皮，鼻子哼了一聲，向她微笑道：「我猜得是一點都不錯，那位陶太太要來找你了。我說你沒有回來，她就要來看我，我就推說要出去。她怎麼會知道了我的電話？那可能她還是會來的。」

魏太太道：「那了不得的，我先走吧。」四奶奶笑道：「那隨你吧。反正我為朋友是盡了我一番心的。」魏太太二話不說，回到屋子裡去，匆匆地收拾了一個包裹，就來向四奶奶告別。

四奶奶左手握了她的手，右手輕輕地拍了她的肩膀，笑道：「我作老大姊的人，還是得囉唆你幾句。小徐是不是肯掏一筆錢出來了事，那還不知道。我搞幾個錢，也很不容易，你不要拿了我這筆錢一兩場唆哈就輸光了。走吧，早點到歌樂山，也好找落腳的地方。」說著，在她肩上輕輕地推了一把。她這時候，覺得四奶奶就是個好朋友，和她約了明天通電話，握著手就走了。四奶奶含了奏捷的笑容，走到樓窗戶口向人行路上望著，看到她坐了一乘小轎子走去。

不多時，又有一乘小轎子停在門口，東方曼麗卻由轎子上跳下來，一直跑上樓，叫道：「我要質問田佩芝一場的，四奶奶老是攔著。」說著，跑到四奶奶面前，還鼓了腮幫子。她今天還是短裝，下穿長腳青嗶嘰褲子，上穿一件白布短褲褂。對襟扣子，兩個沒扣，敞開一塊白胸脯，兩個乳峰頂得很高。四奶奶對她周身上下看看，笑道：「你還是打扮成這個樣子，失敗好幾次了。」

曼麗道：「這次對於老范，我不能說是失敗，那是他自己作金子生意垮臺了。二來也是你說的，你正要利用田佩芝和小徐辦交涉，不要把她擠走了。我只好忍耐。剛才我在路上碰到她，她帶了個包袱坐著轎子。她到哪裡去？」四奶奶笑道：「你不必問，她到哪裡去，也逃不出四奶奶的手掌心。你現在給我打個電話到小徐公司裡去，叫他馬上就來。你說田佩芝已經下鄉了，就在這三四小時內，是個解決問題的機會。這電話要用你的口氣，你說我很不願意管田佩芝的事了。」

曼麗笑道：「電話我可以打。有我的好處沒有？」四奶奶道：「你還在我面前計較這些嗎？我對你幫少了忙不成？」曼麗笑道：「到了這種時候，你就需要我這老夥計了。像田佩芝這種人，跟你學三年也出不了師。」說著，她高興地蹦蹦跳跳地打電話去了。

四奶奶到了這時，把一切的陣線，都安排妥當了。這就燃了一支菸卷，躺在沙發上看雜誌。不到一小時，那位徐經理來了。他在屋子外面，就用很輕巧的聲音，叫著四奶奶。她並不起身，叫了一聲進來。徐經理回頭看看，然後走到屋子裡來。

四奶奶道：「坐著吧。田佩芝到歌樂山去了。你對這件事，願意擴大起來呢，還是願意私了？」徐經理在她對面椅子上坐下，笑道：「我哪有那種癮？願意打官司。」四奶奶還是躺在睡椅上的，她抬手舉了一本雜誌看著，笑道：「我聽聽你的解決辦法。」徐經理道：「要我五十兩金子，未免太多一點。我現在交三十兩金子給四奶奶，請你轉交給田小姐，以後，我們也不必見面了。」說著，在西服口袋裡摸索了一陣，摸出三個黃塊子來，送到四奶奶面前。

她看都不看，眼望了書道：「你放在桌上吧，我可以和你轉交。不過這不是作生意買賣，是不是講價還價，我不負責任。」徐經理把黃金放在她身邊茶几上，向她拱了兩拱手，笑道：「拜託四奶奶了。我實在籌不出來。」四奶奶微笑著，鼻子哼了一聲。徐經理道：「四奶奶以為我說假話？」她這才將手上的書一抛，坐了起來道：「我管你是真話是假話？這又不干我什麼事。是你請我出來作個調人的，你不願我作調人，你怕田佩芝不會找上你公司去。」徐經理啊唷了一聲道：「這個玩不得。我還是拜託四奶奶多幫忙。」

四奶奶冷笑道：「有錢的資本家要玩女人，就不能疼財。女人把身體貢獻給你們，為的是什麼？五十兩金子你都拿不出來，你還當個什麼大公司經理。你這樣毫無彈性的條件，我沒有法子和你去接洽。你把那東西帶回去吧。你把人家帶到貴陽去，在那地方把人家甩了，手段真夠毒辣。田佩芝老早回重慶來等著你了。她一個流浪女人，拚不過你大資本家？你叫公司裡看門的，謹慎一點吧！」徐經理站著倒是呆了。遲疑了兩分鐘之後，賠笑道：「當然條件有彈性。我們講法幣吧。」

四奶奶道：「和我講法幣，你以為是我要錢？」徐經理又站在她面前，連連兩個揖，連說失言。四奶奶道：「好吧，我和你說說看，多少你再出一點。三天之內，聽我的回信。你請便，我有事，馬上要出去。」徐經理笑道：「田小姐，這兩天不會到我公司裡去？」

四奶奶一拍胸脯道：「我既然答應和你作調人，就不會出亂子。只要你肯再出一點錢，我一定和你解決得了。你不要在這裡囉唆，我還有別的人要接見。」徐經理笑道：「四奶奶簡直是個要人。我的事拜託你了。我還附帶一件公文，賈經理和我透過兩回電話。」

四奶奶笑道：「他希望我不要在他銀行裡繼續透支，是不是？」徐經理笑著點了兩點頭。四奶奶道：「這問題很簡單，你們銀行裡可以退票。」徐經理笑道：「假如退了票，你去質問他呢？」四奶奶搖頭道：「那我也不至於這樣糊塗，我沒有了存款，支票當然不能兌現。不過我私人可以和他辦交涉。他跟著我學會了跳舞，認識了好幾位美麗而摩登的小姐，而且人家都說四奶奶和他交情很好，甚至會嫁他。這樣好的交情，他一位銀行家送我幾個錢用，有什麼使不得？」徐經理笑道：「當然使得。不過他願意整筆的送你，請你不作透支。這個比期幾乎沒有把他的銀行擠垮，他們的業務，急遽地向收縮路上走……」

四奶奶一搖頭道：「我不要聽這些生意經。」徐經理笑道：「那就談本題吧。」說著掏出賽銀菸盒子來，打開，在裡面取出了三張支票，笑道：「這裡有一百五十萬元，開了三張期票，每張五十萬。有了這個，請你不要再向他銀行裡透支了。」四奶奶笑道：「沒有那樣便宜的事，但是他送來的錢，我倒是來者不拒。拿過來吧。」說著，把三張支票，接了過來。她將日子看了看，點著頭道：「這很好，每隔五天五十萬，合計起來，是每天十萬。假如他能這樣長期地供養我，我也就心滿意足了。好了，沒你什麼事了。」說著，她將那三張支票，揣進了衣袋。

徐經理倒沒想到四奶奶對姓賈的是這樣的好說話，向女主人道著謝，也就趕快地走去。他之所以要趕快走去者，就是要向賈經理去報告四奶奶妥協的好消息。其實四奶奶對誰也不妥協，對誰也可以妥協。只要滿足了她的需要就行，她等徐經理走遠了，拍了兩手哈哈大笑。

曼麗由別的屋子裡趕到這裡來，笑道：「四奶奶什麼事這樣的高興？」四奶奶笑道：「我笑他們這些當經理的人，無論算盤打得怎樣的精，遇到了女人，那算盤子也就亂了。賈老頭兒的銀行，現在已經是搖搖欲倒，自己的地位，也就跟著搖搖欲倒，他還能夠盡他的力量，一天孝敬我十萬法幣。哈哈。」說著，她又是一陣大笑。

曼麗道：「四奶奶這樣高興，能分幾文我用嗎？」朱四奶奶在身上掏出那三張支票，掀了一張交給曼麗，笑道：「這是明日到期的一張，你到誠實銀行去取了來用。」曼麗接著支票，向懷裡衣襟上按著，頭一偏，笑問道：「都交給我用嗎？」朱四奶奶笑道：「那有什麼不可以的。有道是養兵千日，用在一朝。只要我遣兵調將的時候，你照著我的話辦就是了。」

曼麗拿著支票跳了兩跳，笑道：「今天晚上跳舞去了。我看看樓下有轎子沒有。」她推開了窗子，向窗子外一望，只見樓下行人路上，男男女女紛紛地亂跑，她不由得驚奇地喊道：「這是怎麼回事？有警報嗎？」

朱四奶奶也走到窗子面前來看，只見所有來往奔走的人，臉上都帶了喜色。搖搖頭道：「這不像跑警報。」在路下正經過的兩個青年，見她們向下張望著，就抬起一隻手叫道：「日本人無條件投降了。」四奶奶還不曾問出來這是真的嗎，在這兩個青年人後面又來了一群青年，他們有的手上拿著搪瓷臉盆，有的拿著銅茶盤子，有的拿了小孩子玩的小鼓，有的拿飯鈴，敲敲打打，瘋狂地向大街上奔去。接著劈劈啪啪的爆竹聲，由遠而近地響起來了。半空中像是海裡掀起了一陣狂潮，又像是北方大陸的冬天，突然飛起了一陣風沙，在重慶市中心區，喧譁的人聲，一陣一陣地送了來。

曼麗執著四奶奶的手，搖撼了幾下道：「真的，我們勝利了，日本人投降了。讓我打個電話去問問報館吧。」朱四奶奶點點頭道：「大概是不會假的。但是……」她淡淡地答覆了這個問題，一轉語之後，卻拖長了話音，沒有繼續說下去，曼麗究竟是年紀輕些，她跳了起來道：「真的日本人投降了，我打個電話問問去。」

四奶奶笑道：「你不要太高興，我們都過的是抗戰生活，認識的都是發國難財的人。自今以後，我們要過復員時代的生活，發國難財的人，也變了質了，我們得另交一批朋友。重慶是住不下去了。我們還得計劃一下，到南京去嗎？到上海去嗎？還是另外再找一個地方？我有點茫然了。」曼麗笑道：「你也太敏感了。憑了我們這點本領，哪裡找不到飯吃？」

四奶奶點點頭道：「這是事實，可是我不敢太樂觀。四奶奶之有今日，是重慶的環境造成的。沒有這環境，就沒有朱四奶奶，就是徐經理賈經理這一類人，也不會存在。在一個月以前，我就想到了，我正在籌備第二著棋。沒有想到勝利來得這樣的快。」曼麗笑道：「你這是杞人憂天，我打電話去了。」

四奶奶也沒有理會她，默坐著吸香菸。但聽到曼麗口裡吹著哨子，而且是《何日君再來》新歌曲的譜子。歌聲由近而遠，她下了樓了。窗子外的歡呼聲，爆竹聲，一陣跟著一陣，只管喧鬧著，直到電燈火亮，一直沒有休息過。四奶奶是對這一切，都沒有感動，默然地坐在屋子裡。今天朱公館換了一個樣子，沒有人來打牌，也沒有人來跳舞，甚至電話也沒有人打來。她越是覺得勝利之來，男女朋友都已幻想著一個未來的繁華世界，這地方開始被冷落了。

她獨自地吃過了晚飯，繼續地呆坐在燈下想心事。她越是沉靜，那歡呼的爆竹聲，更是向她耳朵裡送來。她家兩個女傭人，都換著班由大街上逛了回來。十二點鐘，伺候她的劉嫂，進屋來向她笑道：「四奶奶，不到街上去耍？滿街是人，滿街的人都瘋了，又唱又鬧，硬是在街上跳舞咯。幾個美國兵，把一個老太婆抬起，在人堆裡擠，真是笑人。」四奶奶淡笑道：「你看到大家高興，不是今天晚上，有不少自殺的。」劉嫂道：「這是朗個說法？」四奶奶冷笑道：「你不懂。你不用管我，我睡覺去了。」說著她果然回臥室睡覺去了。

次日她睡到十二點起來，只是在家裡看報，並沒有出門。這幢樓房，依然是冷清清的。到了下午兩點多鐘，曼麗由樓下叫了上來道：「四奶奶，我們上了當了，賈經理開的支票，兌不到錢。」她紅著臉站在女主人面前。四奶奶望了她道：「不能吧？他是銀行的經理，開著自己銀行裡的支票，那會是空頭嗎？縱然是空頭，他本行顧全了經理的信用，也會兌現給你。」曼麗將一張支票，扔到四奶奶手上道：「你看，支票上有兩道線，是劃現。」

四奶奶接過來一看，果然有兩道線。笑道：「劃現也不要緊，就存在他銀行裡，開個戶頭，明日自己開支票去兌現，他們還能不兌現嗎？」曼麗道：「這個我也知道。可是誠實銀行今天擠滿了提現的人，和汽車站擠票子一樣，我哪裡擠得上前。是我親眼看到兩個提現的人，由營業部裡面罵了出來，說是他們賈經理躲起來了。並有人說，他們銀行，已停止交換。可能明後天他們就關門，這劃現的支票，還有希望嗎？」

四奶奶聽到這話，立刻臉上變了色，呆了眼神道：「那我的打擊不小。難道昨天放爆竹，今天他就完了嗎？讓我去打電話問問。」說著，她匆忙地就奔向了電話室。曼麗也不知道她和賈經理有什麼來往帳。但自昨晚上得了日本投降的消息以後，她的興味索然，那是事實，這的確會是有了重大的打擊。就靜坐小客室裡，冷眼看四奶奶的變化。

她約莫是打過了半小時的電話，拍了兩手走到小客室裡來，跳了腳道：「大家都完了。」曼麗道：「我們勝利了，怎麼會是完了呢？」四奶奶一頓腳道：「唉！你有所不知。我積攢的幾個錢，都投資在商業上，現在都給昨天晚上的爆竹炸完了。……第一，我住的這所房子，不值錢了。下江人都回家了，誰要？第二，我投資在百貨上面，有上千萬，馬上上海的貨要來了，我的東西要大垮。第三，我又和幾個朋友投資在建築材料上。重慶人必定走去大半，誰還建築房子呀。第四，我還有幾包棉紗，馬上湖北的棉紗一來，我又完了。我如此，好些作投機生意的人也如此。我告訴你幾個不幸人的消息，萬利銀行的何經理，在醫院裡休養著中風的毛病，已經有了轉機了，昨天晚上，聽說日本投降，又昏了過去。誠實銀行老賈，今早溜了。」

曼麗道：「我聽到范寶華說，他銀行裡的錢，是讓黃金儲蓄券凍結了。勝利以後，儲蓄券絕對可以兌到黃金，他也不至於完全失敗。」四奶奶道：「他和我走的是一條路，投資在地產和建築材料上。你看這不會完嗎？小徐作的是進口生意，不用提，從今以後，一切貨物都看跌，他還是賣不賣呢？我打了幾個電話，越聽越不是路，我都不敢再向下打電話了。」

曼麗道：「田佩芝給你打過電話沒有？她也應該打聽打聽勝利的消息吧？」四奶奶笑道：「對了，我還忘記告訴你這個不幸人的消息。洪五告訴我，昨晚上歌樂山幾個闊人家裡，開慶祝勝利大會，有吃有喝有唱有舞，另外還有賭。田佩芝一夜唆哈，輸了五十萬元。她在我這裡只拿三十萬元去，結果，她輸光了，還差二十萬元，她怎麼會在歌樂山住得下去？聽到日本人投降的消息，她應該回重慶了。曼麗，你不要和她爭吵了，她不會在我這裡再住下去的。」

曼麗道：「那為什麼？她有了出路了嗎？」朱四奶奶笑道：「她難道不怕她的丈夫來找她嗎？我都完了，她怎能還來依靠我，就是你，也應當再去想新路線，那些能在我這裡花錢的人，有辦法的趕快要回老家，沒有辦法的人，在重慶，也住不下去了。」說著，她微微地嘆了口氣，向睡椅上倒了下去。

曼麗看到她這樣無精打采的神氣，也就不便再向她追問那五十萬元的支票，應當怎樣的兌現了。這日本人宣告投降的第二日，重慶整個市場，還在興奮中。朱四奶奶這所洋樓，還是沒有人來光顧。曼麗在這裡自也感到無聊，她打開樓窗戶向外望著，見來往的人，彼此相逢，都道著恭喜恭喜，像過年一樣，這很有點興趣。正在看著呢，見大路上一棵樹下，有三個人在那裡徘徊。乃是兩男一女。有個男子穿了深灰布的中山服，光著大圓頭，就是范寶華的朋友李步祥。

她就跑下樓去，迎到他們面前。李步祥先抱了拳頭道：「東方小姐，恭喜恭喜。」曼麗道：「恭喜什麼？」李步祥道：「呀！全城人都在恭喜，你不知道？」曼麗道：「我知道。日本投降了，我們可以回老家了。可是，我的盤纏錢還不知道出在哪裡呢。」李步祥不由得皺了眉道：「正是這樣。四奶奶在家嗎？」曼麗道：「她在家，但是今天不大高興，你們找她有事嗎？」李步祥指著一位一身青布短衣服的男子道：「這是魏端本先生。」又指著一個中年婦人道：「這是陶伯笙太太。我們受魏先生的託，要來和田佩芝小姐談談。現在勝利了，大家可不可以團圓？就是憑她最後一句話。」

曼麗向魏端本周身上下看看，微笑了一笑，點點頭道：「這也是應當的。不過，她到歌樂山去了。也許她今天晚上會回來。昨晚上慶祝勝利她又賭輸了，你們找她談話可不是機會。」魏端本道：「她還是這樣的好賭？」曼麗道：「對了，你若有錢供給她的賭本，你就找她回去。我還告訴你。她和我共同爭奪一個姓范的，她把姓范的最後一筆資本偷了去了，結果，又讓別人拿去了。姓范的也要和她算帳。還有，她又正在和一個姓徐的辦交涉，要控告人家誘姦，你預備和她保鏢的話，她正沒有著落，首先就要把你捲入漩渦了。我忠告你一句，這樣的女人，你放棄了她吧。」

魏端本聽到曼麗這些話，把臉氣紫了，也不理她，回轉臉來，向陶太太道：「回去吧，行了，我已經得到最後的答覆了。」說著，他首先回轉身來，向原來的路走回去。陶李二人也在後面跟著走回去。

魏端本兩個小孩，是托冷酒店裡的夥計代看著的，他們正在屋簷下玩，一個人手上拿了兩塊糖。魏端本道：「誰給你們糖吃。」娟娟道：「陶伯伯給的。」魏端本道：「哪個陶伯伯？」娟娟道：「隔壁的陶伯伯。」魏端本道：「他回來了？我看看他去。」娟娟道：「他在我們屋子裡躺著呢。」魏端本聽說，扯了兩個孩子，就向屋子裡走。

進房門之後，他嚇了一跳。一個男子，穿了件發黑的襯衫，已看不出原來是白是灰的本色，下面淡黃短褲衩，像兩塊抹布。赤了雙腳，滿腮鬍茬子，夾了半截菸卷，坐在床沿上吸。正是陶伯笙。叫了聲陶兄。他站起來握著手，什麼話沒說，只管搖撼著，最後，他落下眼淚來了。

魏端本道：「你怎麼弄到這種狼狽的樣子，比我還慘啦。」陶伯笙鬆了握著的手，丟了那半截菸頭，將襯衫揉著眼睛，搖搖頭道：「一言難盡。你們是想發黃金財，我是想發烏金財。奔到西康，販了一批菸土回來，在路上全給人搶了。我流落著徒步走回重慶。到了五十公里以內，我實在不好意思回來了，就在疏散下鄉的同鄉幫裡，東混西混，一直混到現在。昨天晚上爆竹響了，同鄉們勸我回家，該預備回老家了。可是到了自己門口，我不好意思去見我太太了。等你回來，給我疏通疏通。」

魏端本道：「用不著疏通，你太太是晝夜盼望你回來的。她隨後就到，我去請她來。」陶伯笙連說著不，但是魏端本並沒有理會，已經走出去了。

正好陶太太和李步祥已經走到冷酒店門口，他向他們招了兩招手道：「我家裡來坐坐，我介紹一位朋友和你們見見。」陶太太信以為真，含了笑容，走進他的屋子。

陶伯笙原是呆呆地坐在床沿上，看到了自己的太太，突然地站起來，抖顫著聲音道：「我……我……我回來了。」只說了這句，伏在方桌子上，放聲大哭，陶太太也是一句話沒說，哇的一聲哭了。

這把魏李也都呆住了，彼此相望著，不知道用什麼話去安慰他們才好。還是陶太太先止住了哭，她道：「好了，回來就好了，有話慢慢地說吧。你在這裡稍微坐一會，我馬上就來。」說著，她扭身就走了。陶伯笙伏在桌上，把兩隻手枕了頭，始終不肯抬起頭來。

果然，不到十分鐘，陶太太又來了。她提著一個包袱，放在桌上，她悄悄地打了開來，包袱裡面是一件襯衫，一條短褲，一套西服，一雙皮鞋和襪子，衣服上還放了一疊鈔票。她用著和悅的顏色向他道：「你和魏先生李先生去洗個澡，理理髮，我給魏先生帶這兩個孩子。」陶伯笙已是抬起頭來向太太望著了。這就站起來，向太太拱了手道：「你太賢良了，讓我說什麼是好呢？我現在覺悟了，和你一塊兒去擺紙菸攤子吧。」說著，他不覺是頸脖子歪著，跟著也就流下眼淚來。

陶太太這回不哭了，正了顏色道：「儘管傷心幹什麼？無論什麼人作事業有個成功，就有個失敗。昨晚上爆竹一響，傾家蕩產的人就多了，也不見得有什麼人哭。抗戰勝利了，我們把抗戰生活丟到一邊，正好重新作人。你既肯和我一路去擺紙菸攤子，那就好極了。去洗澡吧。換得乾乾淨淨的回家，我預備下一壺酒和你接風，二來慶祝勝利。我請李先生魏先生也吃頓便飯。」

李步祥拍了手道：「陶先生你太太待你太好了，那還有什麼話說，我們就照著你太太的意思去辦吧。」魏端本點點頭道：「把我的家庭對照一下，陶太太是太好了，那我們就是這樣辦。我奉陪你一下午。」

陶伯笙對魏先生這個破落的家庭看了一看，點了頭道：「我和魏太太，都是受著唆哈的害，從今以後，我絕對戒賭了。太太，我給你鞠個躬，我道歉。」說著，真的對了太太深深地彎著腰下去。嚇得陶太太喲了一聲，立刻避了開去，然而她卻破涕為笑了。

李魏二人在陶太太一笑中，陪了陶伯笙上洗澡堂，兩小時以後，他是煥然一新的出來了。重慶的澡堂，有個特別的設置，另在普通座外，設有家庭間。家庭間的布置，大致是像旅館，預備人家夫妻子女來洗澡。當然來洗澡的客人，並不用檢查身分證。不是夫妻，你雙雙地走進家庭間去，也不會受到阻礙。開澡堂的人，目的不就是在賺錢嗎？

陶伯笙三個男子，自是洗的普通座，他們洗完了澡出來，經過到家庭間去的一條巷子門口，陶伯笙站著望了一望，笑道：「在重慶多年，我還沒有嘗過這家庭的滋味，改天陪太太來洗個澡了。」正說著，由這巷子裡出來了一男一女，男的是筆挺的西服，女子穿件花綢長衫，蓬著燙髮，卻是魏太太田佩芝小姐。這三個男子，都像讓電觸了一樣，嚇得呆站了動不得。魏太太卻是低了頭，搶著步子走出去了。

魏端本在呆定的兩分鐘後，他醒悟過來了，丟開了陶李二人，跑著追到大門口去。門口正停了一部小座車，西服男子先上車，魏太太也正跟著要上車去。魏端本大喝一聲：「站住。」魏太太扭過身來，紅著臉道：「你要怎麼樣？你干涉不了我的行動。」魏端本板了臉道：「妳怎麼落得這樣的下流？」說到這裡，那坐汽車的人，看著不妙，已開著車子走了，留下了田佩芝在人行路上。

她瞪了眼道：「你怎麼開口傷人？你知道你在法律上沒有法子可以干涉我嗎？」魏端本道：「我不干涉你，更不望你回到我那裡去。我們抗戰勝利了，大家都要作個東歸之計。你為什麼還是這樣沉迷不醒？你是個受過教育的女子呀？洗澡堂的家庭間，你也來！唉！我說你什麼是好！」

魏太太道：「我有什麼不能來？我現在是拜金主義。我在歌樂山輸了一百多萬，誰給我還賭帳？」陶李二人也跟著追出來了。陶伯笙聽她這樣答覆，也是心中一跳。望了她道：「田小姐，你不能再賭錢了，這是一條害人的路呀！世上有多少人靠賭發過財的？」

魏太太將身一扭，憤恨著道：「我出賣我的靈魂，你們不要管。」說著，很快地走了。她聽到身後有人在嘆息著說：「她的書算白念了。把身體換了錢去賭博，這和打嗎啡針還不如呀！」她只當沒有聽到，徑直地就奔向朱四奶奶公館。

她到了大門口，見門是虛掩的，就推門而入。這已是天色昏黑，滿屋燈火的時候了。她見樓下客室裡，燈火亮著，屋子裡有一縷煙飄出了門外，就伸著頭向裡面看了一看。立刻有人笑道：「哈哈！我到底把你等著了。」

說話的是范寶華，他架腿坐在沙發上，突然地站了起來。他將手指上夾的半截菸卷，向痰盂裡一扔，搶向前，抓了她的手臂道：「你把我的黃金儲蓄券都偷走了。你好狠的心？」說著，把她向客室中間一拖。

魏太太幾乎摔倒在地，身子晃了幾晃，勉強站定，紅了臉道：「你的錢是洪五拿去了，他沒有交還給你嗎？」范寶華道：「他作酒精生意，作五金生意，虧空得連鋪蓋都要賣掉了。黃金儲蓄券到了他手上，他會還我？我在重慶和歌樂山兩處找你兩三天了。你現在打算怎麼辦？」魏太太道：「我有什麼辦法呢？你不是願意走嗎？」范寶華哈哈笑道：「你這條苦肉計，現在不靈了。我要我的錢。我知道你現在又靠上了一個坐汽車的，你有錢。你若不還我錢，我和你拚了。」說著，他將兩隻短襯衫外面露的手臂，環抱在胸前，斜了身子站定，對她望著，兩隻眼睛，瞪得像荔枝一樣的圓。

魏太太有點害怕，而朱家的傭人，恰是一個也不見，沒有人來解圍。她紅著臉一個字沒說出，只聽樓梯一陣亂響，回頭看時，宋玉生穿了一件灰綢長衫，拖了好幾片髒漬，光了兩隻腳，跌跌撞撞向外跑，在這門口，就摔了跤，爬起來又要跑，范寶華搶向前問道：「小宋，什麼事？」他指樓上道：「不、不、不好，四奶奶不好。」說著，還是跑出去了。

范寶華聽說，首先一個向樓上走，靜悄悄地，不見一個人，自言自語道地：「怎麼全不在家？」樓上的屋子，有的亮了電燈，有的黑著，四奶奶屋子，電燈是亮的，門開著，門口落了一隻男人的鞋子，好像是宋玉生的。他叫了一聲四奶奶，也不見答應。他到了門口，伸頭向裡一看，四奶奶倒在床上，人半截身子在床上，半截身子在床下，滿床單子是血漬。他嚇得身子一哆嗦，一聲哎呀怪叫。

魏太太繼續走過來，一看之下，也慌了，她竟忘了范寶華剛才和她吵罵，抓了他的手道：「這這這……」范寶華道：「這是是非之地，片刻耽擱不得，怪不得她全家都逃跑了。我可不能吃這人命官司。」他撒開了魏太太的手，首先向樓下跑。到了客室裡，把放下的一件西服上裝夾在肋下就走。

魏太太跟著跑下樓來時，姓范的已走遠了。她也不敢耽誤，立刻出門，兩隻腳就像沒有了骨頭一樣，一跛一拐，出得門來，就摔了兩跤，但是掙扎著還是向前來。她已沒有了考慮，知道去歌樂山的公共汽車，還有一班，徑直地就奔向了汽車站。

范寶華的意思，竟是和她不謀而合，也正在票房門口人堆裡擠著。魏太太想著：現在是該和他同患難了，還是屈就一點吧。於是輕輕地走向前，低聲叫了一聲老范。范寶華回頭看到了她，心裡就亂跳了一陣，低聲答道：「為什麼還要走到一處？你自便吧。」他在人叢裡鑽，扭身就走。他想著，已經是晚上了，自己家裡，不見得還有討債的光顧，回家去看看吳嫂也好。自從離家以後，始終還沒有通到消息呢！

他一口氣跑回家去，見大門是緊緊地關著，由門裡向裡面張望，裡面黑洞洞的，伸手摸摸門環，上面插了一把鎖，門竟是倒鎖著的了。他暗暗叫了一聲奇怪，只管在門外徘徊著。這是上海式的弄堂建築，門外是弄堂，他低頭出了一會神，弄堂口上，有人叫道：「范先生回來了。你們的鑰匙，吳嫂交給我了。」這是弄堂口上小紙菸店的老闆，他已伸著手把鑰匙交過來。

范寶華道著謝，開了大門進家，由樓下扭著了電燈上樓，所有的房屋，除了剩下幾件粗糙的桌子板凳，就是滿地的碎紙爛布片。到廚房裡看看，連鍋罐都沒有了。他冷笑著自言自語道地：「總算還好，沒有把電燈泡取走。要不然，東西空了，看都看不見呢。」他嘆了幾口氣，自關上大門，在樓板上撿起幾張大報紙，又找了幾塊破布，重疊地鋪著，熄了電燈，躺下就睡。

他當然是睡不著，直想到隔壁人家鐘敲過兩點，算得了個主意，明天一大早，找川資去。有了錢，趕快就走。重慶是連什麼留戀的都沒有了。他在樓板上迷糊了一會。

天亮爬了起來，抽出口袋裡的手絹，在冷水缸洗了把臉，就走向大梁子百貨市場。百貨行裡的熟人很多，也許可以想點辦法吧？他是想對了的，走到那所大空房子裡，在第一重院落裡，就看到李步祥和魏端本兩人，將三大簍子百貨，陸續取去，在鋪蓆子的地攤上擺著。魏端本已明白了許多，只向他點了點頭。李步祥搶向前握了他的手道：「好極了，你來了，我們到對面百齡餐廳裡談談去。魏先生，你多照應點，我就來。」說著向魏端本拱拱手，將老范引到對過茶館子裡去，找了一副座頭坐下喝茶。

范寶華道：「你怎麼和姓魏的在一處？」他道：「他反正沒事。我邀了他幫忙，把所有的存貨，搶著賣出去，好弄幾個川資。我什麼都完了，就剩攤子上這些手絹牙膏襪子了。」范寶華拍了身上的西服道：「你比我好得多，我就剩身上的了。」李步祥還沒有答他的話，他的肩上卻讓一隻手輕輕拍著，同時，還有一陣香氣。他回頭看時，卻是袁三小姐。

她穿了件藍綢白花點子長衫，滿臉脂粉，紅指甲的白手，提著一隻玻璃皮包。范寶華突然站起來道：「幸會幸會！請坐下喝茶吃點心。」袁三紅嘴唇一噘，露了白牙笑道：「我比你著急多了。范老闆，還有心喝茶嗎？」說著，她打開皮包來，取出一張支票，放到他面前，笑道：「我們交情一場，五十萬元，小意思，我找你兩天，居然找到了，你就看我這點心吧。」

老范和她握著手道：「你知道我的境遇？」她眉毛一揚道：「袁三幹什麼的？我也不能再亂混了，馬上也要離開重慶。」說著，向李步祥笑道：「李老闆，你還能給我找一支三花牌口紅嗎？」李步祥道：「有的是，我送你一支。」袁三一抬手，將手絹揮了一揮，笑道：「不錯，你還念舊交。我忠告你一句話，別作游擊商人了。」說著，扭起身走了。李范二人，倒是呆了一呆。

范寶華喝了一碗茶，吃了幾塊點心，也無心多坐，揣著支票走了。李步祥會了茶東，再到百貨市場，和魏端本同擺攤子，把剛才的事告訴了他，他嘆口氣道：「苦海無邊，回頭是岸。只有那位田佩芝是不回頭的。」李步祥嘆口氣道：「你還想她呢？你聽我的話，死心塌地，作點小生意，混幾個川資回老家吧！抗戰入川，勝利回不了家，那才是笑話呢。」魏端本嘆著氣，只是搖頭。不過他倒是聽李步祥的話，每日都起早幫著他來賣僅有的幾篕存貨。分得幾個利潤，下午就去販兩百份晚報叫賣。

一個星期後，李步祥的存貨賣光了，白天改為作搬運小工，專替回家的下江人搬行李，手邊居然混得幾十萬元，而且認識了一個木船復員公司的經理，分給了他兩張木船票，可以直航南京。

在木船開行的這天，他高高興興，挑著兩個包，帶著兩個孩子向碼頭上走。經過一家旅館門口，見他離開了的妻子，又和一個男子向裡走。聽到她笑道：「昨晚上輸了六七十萬，你今天要幫我的忙，讓我翻本啦。」

小娟娟跟在魏端本身邊，叫起來道：「爸爸，那不是媽嗎？」他搖搖手道：「不是，那是摩登太太。我們坐船到南京去找你媽媽，她到了南京去了。」小渝兒左手牽了爸爸，右手指著旅館門道：「那是媽媽，媽媽進去了。」魏端本連說不是，牽著兒子，兒子牽著姊姊，向停泊木船的碼頭上走。他們就這樣復員了。別了那可以取得大批黃金的重慶。

紙醉金迷之誰征服了誰——人走茶涼，曲終人散

作　　者：張恨水
發 行 人：黃振庭
出 版 者：複刻文化事業有限公司
發 行 者：複刻文化事業有限公司
E-mail：sonbookservice@gmail.com
粉 絲 頁：https://www.facebook.com/sonbookss/
網　　址：https://sonbook.net/
地　　址：台北市中正區重慶南路一段六十一號八樓 815 室
Rm. 815, 8F., No.61, Sec. 1, Chongqing S. Rd., Zhongzheng Dist., Taipei City 100, Taiwan
電　　話：(02)2370-3310
傳　　真：(02)2388-1990
印　　刷：京峯數位服務有限公司
律師顧問：廣華律師事務所 張珮琦律師
定　　價：299 元
發行日期：2024 年 01 月第一版
◎本書以 POD 印製

國家圖書館出版品預行編目資料

紙醉金迷之誰征服了誰——人走茶涼，曲終人散 / 張恨水 著 . -- 第一版 . -- 臺北市：複刻文化事業有限公司 , 2024.01
面；　公分
POD 版
ISBN 978-626-7426-22-7(平裝)
857.7　　112022178

電子書購買

臉書

爽讀 APP